LES ROMANS CHOISIS

L'ABANDONNÉE

PAR DALMONT

LE VOLUME
60c

ALLIX DALMONT

L'ABANDONNÉE

I

Par une délicieuse matinée de juin, un dimanche, quatre personnes, chargées de provisions, pénétraient dans le bois de Clamart.

Leur démarche hésitante, leurs tâtonnements annonçaient des gens pour lesquels les bosquets d'un parc prennent aisément les proportions d'une forêt vierge du Nouveau-Monde, des citadins casaniers qui, volontiers, parlent de leurs impressions de voyage en se rappelant une partie à Suresnes ou à Robinson.

Un gros monsieur, d'une agilité surprenante pour son embonpoint, ouvrait la marche — s'appuyant d'une main sur un lourd parapluie de famille et de l'autre portant un panier de ménage plein de victuailles, dont le balancement, réglé sur son pas, l'aidait à gravir la côte, assez rapidement cette partie du bois.

La femme, l'air tranquille, quoique dépaysée, le suivait à un mètre de distance ; et, soit machinalement, soit qu'elle craignît de rencontrer des obstacles ou de se perdre en s'écartant de la piste, elle semblait s'attacher minutieusement à lui emboîter le pas comme à la file indienne.

Derrière eux, — poussant de droite et de gauche, chacun de son côté, des reconnaissances dans lesquelles se révélait pour leurs compagnons l'esprit aventureux de la jeunesse, — un garçon de vingt ans, blond et frêle, encore imberbe, et une jeune femme du même âge, aux grands yeux fluides et voluptueux, laissaient voir — le garçon surtout — des velléités de se rapprocher, d'engager là conversation, tandis que leurs jambes, invinciblement, les éloignaient l'un de l'autre, que leurs bouches restaient obstinément closes.

Il était un peu plus de huit heures du matin. Les amateurs de promenades sylvestres qui, chaque jour férié, s'éparpillent à travers les arbres et recherchent les fourrés, n'étaient pas encore nombreux à cette heure.

Depuis vingt minutes que les quatre promeneurs avançaient en zigzags, comme au hasard, entre les branches cassées, contournant les arbustes ployés ou rompus par de trop pétulants amants de la nature, nulle rencontre n'était venue détruire, dans leur imagination, l'illusion chère d'un voyage en pleine forêt. La solitude était complète, le silence imposant pour ces habitants de la ville, quasiment perdus à trois lieues de leurs pénates. Seuls, les oisillons pipiant dans les nieds, les ramiers roucoulant, les merles siffleurs éveillaient l'écho, alternant leur chansons et leurs cris, que dominait, par instants, le mâle soprano du rossignol.

Maintenant le terrain descendait doucement. Comme on se trouvait sur la terre battue d'un petit sentier, que le gros monsieur traversa pour s'enfoncer de nouveau dans les taillis, sa femme s'écria :

— Voyons, Théodore ! prenons par ici ; ce sera plus sûr. Ça doit au moins mener quelque part !

Le mari se retourna. Sa face cramoisie et ruisselante de sueur, entourée d'une frange légère de barbe courte et grisonnante, prit un air d'indulgence, tandis que son cou apoplectique disparaissait dans un haussement d'épaules.

Il répondit, très calme, heureux de cette occasion de faire halte un instant pour s'éponger le front :

— Mais, ma bonne amie, La Palisse en dirait autant. Bien sûr que ce sentier mène quelque part. Tout chemin mène quelque part, c'est certain ! Mais je n'ai pas le moins du monde envie d'aller quelque part !

Et il s'arrêta, secoué d'un gros rire bêta, l'œil émerillonné dans un large contentement de lui-même.

Puis il reprit :

— Nous ne marchons pas à l'aventure. Je sais où je vous conduis, parbleu ! Dans deux heures, sans nous presser, nous déjeunerons à l'étang de Villebon.

— C'est que... je te vois joliment chercher, hésiter, risqua doucement la dame en jetant un regard en arrière, avec l'intention de faire remaquer à son époux qu'on avait jusque-là tourné sur place pour revenir presque au point de départ.

En effet, à travers les arbres grêles de l'entrée du bois, voilà qu'on revoyait l'auberge où l'on avait pris le vin, que portait silencieusement le jeune homme, toujours en arrière.

Mais le gros homme ne voulait pas voir. Il saisit son parapluie, qu'il avait dû un instant placer en équilibre entre ses jambes pour tirer son mouchoir et s'essuyer le front. Puis, il se remit en marche, en disant, moitié souriant, moitié grondeur :

— Je sais ce que je fais, vous m'entendez, madame Radigot ! Ce n'est pas pour m'abandonner au hasard, je suppose, que depuis huit jours, tous les soirs, j'étudie la carte des environs de Paris chez notre voisin.

Madame Radigot ne répliqua pas.

Elle avait pour coutume — ou plutôt pour tactique conjugale, de ne jamais contrarier son mari, excellent homme d'ailleurs, qui, depuis bientôt vingt ans qu'ils étaient mariés, n'avait fait qu'augmenter autour d'elle ce bien-être, cette aisance qui met aux joues des femmes sans passions un reflet de belle santé heureuse. Elle le savait entêté, mais d'un entêtement qui ne portait que sur des futilités, des niaiseries sans conséquence. Aussi lui laissait-elle toujours le dernier mot, habituée qu'elle était depuis longtemps à ses manies inoffensives. Elle y gagnait de vivre de la plus paisible existence de ménagère qui ne manque de rien et voit sans terreur approcher la vieillesse.

Les époux Radigot étaient des commerçants aisés de la rue Saint-Martin. Ils tenaient un magasin d'horlogerie et de bijouterie fort bien monté et très achalandé, grâce à l'activité de M. Radigot, plus ferré certainement sur le négoce que sur la topographie. Car — cela pouvait bien l'excuser de ne point savoir se diriger dans le bois de Clamart, qu'à cinquante ans il voyait pour la première fois — ce gros homme sanguin, dont la peau semblait près d'éclater d'un trop plein de force vitale, n'avait pas son pareil sur la place de Paris pour râfler d'un coup, accaparer au moment opportun les marchandises d'un nouveau modèle ; en revendre avec bénéfice une partie à ses confrères moins diligents, et écouler le reste à des prix qui défiaient toute concurrence. En un mot, il possédait au plus haut degré l'intelligence des affaires.

Mais, fort heureusement pour elle, les goûts de madame Radigot ne l'avaient jamais portée à désirer les raffinements d'une vie où quelquefois le prosaïsme des occupations journalières fait place aux délectations intellectuelles. Elle eût alors fatalement grossi le nombre de ces incomprises que l'on voit languir, faute d'idéal, dans la lourde réalité du ménage, comme de pauvres fleurs dans une atmosphère sans soleil, et qui passent de lamentables journées, inclinées sur leurs tiges, en attendant la main charitable qui les transplantera. Jeune fille, elle s'était dit : « Je veux un mari qui gagne de l'argent et me laisse faire ce que je voudrai. » Le hasard l'avait servie à souhait.

Par exemple ! elle avait agi sagement en n'exigeant pas davantage.

Sorti de la vente de ses chronomètres garantis deux ans et de ses bijoux contrôlés à vingt-trois carats, le brave horloger n'avait rien de mieux à faire que d'abdiquer toute prétention.

Cependant, bien au contraire, par un travers d'esprit qui en faisait un personnage plutôt ridicule que méchant, il avait tour à tour toutes les prétentions.

Chez lui, il expliquait tout, critiquait tout, se prononçait sur tout depuis l'événement scientifique du jour jusqu'aux recettes culinaires.

Ce jour-là — lui qui faisait une partie de campagne toutes les fois qu'il lui tombait un œil, comme il le disait lui-même, — il s'était mis en tête de se promener en plein bois de Clamart comme dans les rues de Paris, dont il usait le pavé depuis trente ans. Et il entendait aller à l'étang de Villebon, non seulement sans demander à qui que ce fût la direction à prendre, mais sans le secours des routes et des chemins tracés dans le bois. Le beau mérite, s'il eût suivi un sentier !

Après un silence prolongé, M. Radigot ajouta, comme pour rassurer la compagnie, mais, à la vérité, pour se rassurer lui-même :

— Du reste, je me guide sur le soleil ; c'est infaillible.

Et tout en marchant, sans tourner la tête, de sa forte voix qui s'étendait à l'aise sous la feuillée, il expliqua, par phrases légèrement essoufflées, comment, en laissant toujours le soleil derrière eux, un peu sur leur droite, ils arriveraient en ligne directe à Villebon, qui était sur leur gauche.

— On doit y arriver mathématiquement !

Ce dernier mot lui plaisait beaucoup, il le répéta quatre fois.

Il allait peut-être le répéter encore, quand un petit cri de femme le fit regarder en arrière.

C'est que, depuis quelques instants, la marche était devenue difficile. Des arbres de plus haute futaie, rapprochés les uns des autres, couvraient de leur ombrage un fouillis de plantes sarmenteuses, au milieu desquelles se dissimulaient de sournoises épines.

— Ce n'est rien, mon oncle, dit la jeune personne, qui, jusque-là, toujours à la suite de M. et Madame Radigot, n'avait pas prononcé une parole. Ce n'est rien, je me suis légèrement piquée en écartant les branches.

Elle accompagna ces mots d'un regard oblique vers le jeune homme, arrêté à une dizaine de pas, les yeux à terre.

Il y avait à la fois de l'ironie et du dépit dans ce regard.

De quel gueux de pays, de quelle lande sauvage, pouvait donc bien sortir ce grand nigaud de vingt ans, qui, à part les politesses banales échangées le matin, lorsqu'elle et lui s'étaient trouvés en face l'un de l'autre, n'avait pas desserré les dents, n'avait su trouver ni compliment ni sottise à dire ? L'oncle Radigot avait fait une belle trouvaille en prenant pour apprenti ce Jeannot de village !

Cependant, si elle eût mieux examiné la physionomie de celui qu'elle traitait, en aparté, si rudement, elle se fût bien sûr montrée moins sévère pour cette sauvage timidité. Non seulement au cri qu'elle avait poussé, le jeune homme avait fait trois pas vers elle pour lui porter secours, mais, en l'entendant dire qu'elle s'était fait mal, il avait pâli.

La nièce de M. Radigot fut tirée de ses réflexions par sa tante, qui, s'approchant d'elle et lui prenant la main, pour examiner la piqûre, où tremblait, toute rouge, une goutte de sang, s'écria :

— Pauvre Angèle ! C'est qu'elle saigne !

Puis, tournant vers l'apprenti, presque homme, son visage exubérant, madame Radigot lui dit d'un air railleur :

— Tu n'es guère galant, Aimé ! Comment ! tu laisses ma nièce se déchirer les mains aux ronces, quand ton devoir de parfait chevalier serait de te mettre au besoin le visage en sang pour lui frayer un passage !

La pâleur du trop timide garçon se couvrit d'une rougeur qui gagna son front, ses oreilles. Il se rapprocha, balbutiant des excuses, qu'on n'entendit pas ; puis, recouvrant enfin la voix, il se proposa gauchement comme cavalier :

— Mademoiselle, si vous le permettez :

Son cœur battait de crainte et de joie : la joie d'être mis en demeure de se montrer galant, alors qu'il en mourait d'envie et n'osait ; la peur de n'être pas à la hauteur d'une aussi douce tâche.

Aimé Luzolles était le fils d'un gantier de Blois, dont la maison, trois ans auparavant, pouvait passer pour l'une des plus prospères de la ville. Le voyant d'une constitution chétive, et confiants dans la fortune qu'ils pensaient lui laisser plus tard, ses parents l'avaient abandonné à sa nature indolente, remettant d'année en année de lui choisir une carrière, ne voulant pas brusquer un être si délicat.

Sorti à l'âge de quinze ans du collège communal, où son esprit paresseux ne lui avait permis d'acquérir qu'une instruction superficielle, incomplète, il avait vécu, au milieu du va-et-vient actif de l'industrie paternelle, dans une oisiveté que la faiblesse de sa mère pour lui encourageait en la protégeant. Tout autre que lui eût glissé à la débauche. Mais son tempérament fragile, qui avait ajourné pour lui les premiers tressaillements de la puberté, l'avait gardé contre l'entraînement de quelques jeunes drôles, dont il lui eût été facile d'aller partager les précoces exploits. Et — grand enfant retardataire, inutile et nul — il avait ainsi passé auprès de sa mère deux longues années dans une léthargie absolue.

La mort de son père vint le surprendre au milieu de ce sommeil imprévoyant, sans défense. Il avait alors dix-sept ans. Sa mère, restée à la tête de la ganterie, ne songea même pas à lui pour la seconder. Elle lutta seule pendant un an. Puis, ses affaires prenant une mauvaise tournure, elle crut se tirer d'embarras en s'adjoignant un associé. En moins de deux ans, cet associé s'était rendu seul maître de la maison et avait expulsé la veuve de chez elle, ruinée. Peu de temps après la malheureuse mourait en recommandant à un vieil ami de Paris, M. Radigot, son pauvre Aimé, qu'elle se reprochait comme un crime, à sa dernière heure, de n'avoir pas armé pour le combat de la vie.

Et dans l'attitude qu'il gardait en ce moment, — pendant que la nièce de l'horloger l'examinait en se mordant la lèvre, — Aimé avait bien toutes les apparences d'un de ces êtres incomplets chez lesquels la nature, à l'époque décisive de la nubilité, paraît être restée indécise, avoir préféré s'abstenir.

— Mademoiselle, voulez-vous prendre mon bras ? fit-il par dire, en avançant d'un pas, l'air tout d'un coup résolu.

Mais un incident nouveau empêcha Angèle d'entendre ces paroles hardies et de remarquer le changement subit qui s'était opéré dans l'attitude du jeune garçon.

Suivant toujours la direction du soleil, qu'on revoyait d'arbre en arbre, à travers les feuiles, et dont la coulée d'or verdoyant se criblait de taches d'ombre tremblantes, M. Radigot venait de se remettre en marche, battant des pieds, des mains, tête baissée, et frappant à coups de parapluie contre d'inextricables branchages qui barraient son itinéraire. Tout à coup, il poussa une exclamation étranglée :

— Qui va là !

Il venait d'apercevoir, à trois pas devant lui, un homme debout, immobile, et comme se dissimulant derrière un gros chêne.

Le premier saisissement passé, il se rassura en reconnaissant dans cet individu un paisible herboriseur, dont la boîte verte, en sautoir, par une coquette négligence de botaniste amateur, débordait d'herbes vulgaires : pissenlits et chicorée sauvage.

L'horloger ne se décontenança point. Il tourna son émotion panique en une plaisanterie qu'il exagéra pour y faire croire.

— Qui vive ! répéta-t-il en abaissant son parapluie de la main droite dans la gauche, à la façon d'un fantassin croisant sa baïonnette.

Sauf Aimé, tout le monde rit, sans doute moins, au fond, de la facétie que du facétieux lui-même.

Ce fut pour M. Radigot un triomphe : il lui arrivait si souvent de s'esclaffer seul à ce qu'il appelait ses « bonnes charges » ! Tout heureux de ces rires approbateurs, il se tint les côtes un moment, secoué encore de sa grosse gaieté, alors que l'hilarité générale était depuis longtemps éteinte.

— Je ne veux pas vous demander la bourse ou la vie, dit l'inconnu en souriant, lorsqu'il jugea que le gros homme s'était suffisamment tordu. Mais je vous demanderai volontiers de quel côté est le village de Clamart.

L'horloger avait bien envie de répondre en faisant la même question pour Villebon. L'amour-propre le retint. Il poussa même la vanité jusqu'à se charger d'indiquer le chemin qu'on lui demandait.

Il se retourna pour s'orienter.

— Droit devant vous, comme ça, fit-il en étendant le bras, d'un geste qui paraissait devoir abattre les plus grands arbres pour frayer la route à l'herboriseur égaré.

Et lorsque ce dernier eut remercié et salué, M. Radigot le suivit d'un regard content, jusqu'à ce qu'il l'eût vu disparaître dans les massifs de verdure.

— Toujours tout droit ! cria-t-il encore au jeune homme, qu'il ne voyait plus maintenant, mais dont la boîte verte, en heurtant un arbre, venait de lui envoyer comme un dernier remerciement botanique.

— Il est charmant, ce petit chercher de plantes rares, dit Angèle à sa tante, en lorgnant Aimé.

Puis, à ce coup d'épingle inoffensif, qui eût donné l'avantage à tout autre que le naïf apprenti horloger, elle crut devoir ajouter cruellement, comme un coup de ses ciseaux de couturière :

— As-tu remarqué, ma tante, comme il a l'air éveillé, spirituel ? Je suis sûre qu'il doit avoir une conversation des plus agréables !

Aimé de nouveau, devint très pâle. Ses lèvres, dont le rose frêle avait blêmi, tremblèrent ; ses poings d'enfant s'étaient crispés. Une seconde, ses yeux bleus, tout à l'heure humides, se fixèrent, durs et assombris, dans la direction de ce rival brièvement entrevu comme dans la vision d'un mauvais rêve ; puis encore, ils s'abaissèrent.

On avait repris la marche.

Longtemps le timide amoureux, jaloux déjà sans trop savoir, suivit, sans plus rien distinguer autour de lui, l'horloger, sa femme et sa nièce.

Cependant, M. Radigot, dans sa résolution inflexible de ne pas quitter la ligne droite — eût-il dû renverser des cèdres ! — venait d'enfiler un sentier où l'on pouvait marcher, enfin. Et, de peur de paraître en contradiction avec lui-même, il répétait, sans se retourner, laissant à ses interlocuteurs, ses suivants, tout le loisir de mesurer son large dos :

— Je suis bien forcé ! Je suis bien forcé ! Je ne serais plus d'accord avec le soleil !

— Le soleil, nous voyant si mal lotis, a eu pitié de nous, dit Angèle, toujours taquine.

Elle jeta en arrière un rapide coup d'œil.

Aimé, absorbé, avait la tête basse.

La jeune femme, alors, se méprenant sur cette impassibilité, prit le bras de sa tante, et, fredonnante et gaie, d'une gaieté qui dissimulait très bien son dépit, elle suivit son oncle sans plus tourner la tête.

De temps en temps, cependant, Aimé levait les yeux. Malgré ses efforts pour intéresser son esprit souffrant aux choses environnantes, il ne voyait qu'Angèle, toujours.

La beauté d'Angèle n'avait rien de classique, pourtant.

La jeune femme ne laissait voir à l'apprenti que les lignes vagues d'un profil perdu, dont le soleil, à chaque éclaircie des branches, dorait le fin duvet ; au delà de la courbe ferme et jeune de la joue apparaissait la brusque mutinerie d'un nez de Parisienne, hardi, les narines gonflées et palpitantes. Les lèvres, rouges, entr'ouvertes, mais à peine, prenaient une sensualité plus forte dans ce raccourci, qui les faisait paraître plus épaisses. Sous le front, bas et un peu bombé, où l'arcade du sourcil marquait une légère échancrure, les cils s'exagéraient, très élevés, sur un œil éveillé, largement ouvert ; et le menton, porté haut, un tantinet saillant, ajoutait encore à l'audace de cette physionomie, mobile dont chaque trait, isolément, était incorrect, mais dans l'ensemble formait partie intégrante d'une délicieuse figure.

Sous un chapeau garni avec goût de fleurs peu voyantes, Angèle, blonde aussi, portait ses nattes soyeuses habilement relevées, de manière à montrer une oreille petite, merveilleusement moulée, d'un rouge tendre. Elle était vêtue d'une robe simple, de couleur claire, qui, la nuit, eût paru blanche. Et cette simplicité de mise laissait à sa taille la pureté de forme de son corps élégant.

Cependant, on marchait depuis plus de deux heures ; le bois s'emplissait peu à peu du débordement de la ville, comme chaque dimanche, à travers les fourrés, maintenant l'on entendait, de distance en distance, mêlés aux appels d'oiseaux, des échos de voix humaines, de rires ; çà et là, un cri de ralliement bruyant, une chanson braillée à tue-tête, venaient mourir dans la feuillée en même temps que la lointaine fanfare d'un cor, traînante, chevrotante, coupée de couics enroués et prétentieux.

— Nous ne devons pas en être loin, à présent, dit M. Radigot, toujours en quête de l'étang de Villebon.

— Est-il bien nécessaire que nous soyons au bord de cet étang pour déjeuner ? risqua la bijoutière, à qui l'air vif et cet exercice inaccoutumé donnaient un appétit impérieux.

— Nous y touchons ! Nous y touchons ! cria l'horloger dans son entêtement, en désignant de la pointe de son parapluie l'endroit où, certainement, était situé l'étang.

Mais bientôt, au milieu d'un carrefour, comme le ciel s'était couvert, M. Radigot sembla mollir.

Une brise courait dans les feuilles, devenues d'un vert sombre, les faisant, d'arbre en arbre, papillonner sur place, avec un bruit d'ondées, quoiqu'il ne plût pas encore.

Au-dessus des têtes, et par les brèches de la verdure, une partie du ciel, jusqu'ici sans un nuage, gardait sa teinte bleue d'acier, un peu pâlie seulement.

Pendant un bon quart d'heure encore, ils marchèrent sous la caresse du vent, adouci par mille obstacles, brisé, atténué dans les bruissantes ramures.

Aimé avait ôté son chapeau, pour baigner son front dans cette délicieuse fraîcheur.

— Que vous disais-je ? s'exclama triomphalement le marchand bijoutier, en apercevant, à une faible distance, derrière un dernier rideau de jeunes chênes, le jour large d'une vaste éclaircie.

Il doubla le pas, entraînant ses trois compagnons, qui avaient peine à le suivre.

— Que vous disais-je ? L'étang est là !

Tout à coup la société se retrouva sur la lisière du bois, dans la pleine lumière du grand air, en un site élevé d'où l'on découvrait Paris d'un coup d'œil.

C'était Fleury.

M. Radigot resta bouche béante, interloqué.

Angèle éclata de rire.

— Je te retiens, mon oncle, comme guide dans les bois.

L'horloger ne répondit pas, tout d'abord.

Puis, il trouva une explication.

— Le soleil s'est caché ! cria-t-il en souffletant le ciel d'un geste coléreux. Le soleil s'est caché ! Et je me guidais sur le soleil !

Alors, on s'arrêta pour s'orienter, prendre un parti définitif en présence de l'orage imminent.

Madame Radigot, très complaisante, désirant couvrir, aux propres yeux même de son mari, la bévue topographique qu'il avait commise, en même temps qu'elle pensait le décider à déjeuner au plus tôt, déploya son éloquence de ménagère rusée pour prouver au brave homme qu'il avait dû faire exprès de les conduire là, à deux pas d'un village, où ils allaient pouvoir se mettre à l'abri, manger tranquilles.

Pendant qu'elle parlait, Aimé et Angèle, s'étaient presque rejoints. Et, très embarrassés, — elle piquée, lui fiévreux, — ils restèrent à quelques pas l'un de l'autre. Puis, pour se donner une contenance, tous deux ils tournèrent leurs regards vers Paris, qu'ils contemplèrent.

Aimé, que l'émotion paralysait, cherchait vainement un mot qui ne fût point imbécile.

Enfin, il trouva.

Et, après avoir longtemps hésité, tourné sa langue, il venait de se décider à lui demander, de l'air le plus indifférent qu'il pouvait, si de cet endroit, elle apercevait sa demeure.

Il était tout prêt, il allait parler.

Une voix gaie de jeune homme l'arrêta.

— Encore ! s'écria Aimé, cette fois avec une fureur que sa voix flûtée d'éphèbe rendait comique.

Il venait de reconnaître l'herboriseur qui, ayant scrupuleusement suivi les indications de M. Radigot, arrivait à Fleury, on ne savait comment. Le jeune inconnu riait de bon cœur, tout heureux de sa mésaventure, et lançant du côté d'Angèle un regard dont la hardiesse exaspéra Aimé.

Alors, pendant que le gros horloger, très embarrassé au fond, prouvait avec autant de gestes que de paroles qu'il avait parfaitement

Par une délicieuse matinée de Juin (page 1).

indiqué le chemin, mais qu'on s'en était malheureusement détourné, Aimé, tout à coup brutal, saisit le bras d'Angèle, qu'il entraîna vers le bois d'où ils sortaient.

— Cette espèce d'amateur de salade m'embête ! grommela-t-il entre ses dents, avec une pâleur mauvaise sur son joli visage contracté, avec toute la menace concentrée d'une rage impuissante dans ses yeux bleus, devenus méchants.

Angèle, surprise, se laissait enlever.

Il ne lui déplaisait pas d'être innocemment violentée par cet enfant, dont la passion ne pouvait tirer à conséquence. Puis, sans chercher à s'en rendre compte, elle cédait à une curiosité sensuelle que ne lui eût pas inspirée un homme ordinaire, en même temps qu'elle subissait une secrète attraction pour cette gracieuse et étrange figure, dont elle prétendait, s'en imposant à elle-même, vouloir simplement se divertir.

Pourtant, elle s'arrêta bientôt, au bout d'une centaine de pas, se retourna, cherchant son oncle du regard.

L'apprenti horloger, effrayé lui-même de son audace, maintenant restait embarrassé de sa conquête.

— Qu'est-ce qu'ils font là-haut ? dit la jeune femme en essayant

de percer du regard l'épaisse chênaie, toute embroussaillée de pousses et de sarments sauvages.

Aimé ne répondit pas.

En regardant autour d'elle, la nièce du bijoutier se voyait bien
seule avec ce garçon aux allures singulières, dans l'encaissement
d'un chemin creux.

Instinctivement, elle dégagea son bras.

— Restez là, je vais les appeler, dit-elle rapidement, avec une sé-
cheresse affectée qui dissimulait son inquiétude.

Et elle remonta de quelques pas le sentier par où elle et lui venaient de passer.

A peu de distance, elle tourna la tête, croyant voir le jeune homme
la suivre, malgré la défense qu'elle lui en avait faite.

Très soumis, il était resté en place, au pied de l'arbre où elle l'avait
laissé.

Alors, tout à fait rassurée, elle faillit éclater de rire.

Mais une pluie violente, soudainement l'enveloppa.

Elle tourna un instant sur place, en jetant de petits cris, très en-
nuyée à cause de son chapeau et de sa robe claire.

Aimé, d'un bond, fut auprès d'elle.

— Venez, lui dit-il en lui prenant la main.

Il l'entraîna et en quelques enjambées il l'amena sous les vastes ra-
meaux d'un chêne, autour duquel la terre du chemin creux gardait
un grand cercle de poussière à sec.

Une excavation dans le talus mettait à découvert la souche de l'arbre, dont les racines écartées, déchaussées, offraient entre leurs
nerveuses torsades un asile où deux personnes, en se baissant pouvaient se réfugier.

— Entrez là, dit l'apprenti, quand il vit, sous un tourbillon de
pluie, se rétrécir autour de l'arbre l'espace abrité.

Puis, se déchargeant de son fardeau, il ajouta :

— Gardez seulement ces bouteilles ; moi, je vais aller au devant
du patron et de la patronne.

— Restez ! lui cria la jeune femme, qui venait de se tapir commodément dans cette sorte de nid sylvestre. Mettez-vous là, monsieur ; vous ne pouvez marcher sous une pluie pareille, lui dit-elle
en se serrant pour lui faire place.

Mais quand elle le sentit tout frémissant de bonheur, se blottir
contre elle ainsi qu'un enfant craintif dans les jupes de sa mère,
elle se reprocha comme une inconséquence compromettante son
mouvement de compassion.

De temps en temps, elle sortait à demi la tête, allongeait en une
moue enfantine ses lèvres joliment contrariées, puis, se rejetait
au fond, d'un mouvement d'impatience d'enfant colère.

Aimé, lui, n'osait bouger, dans la crainte de tout perdre. Il restait
enfoncé dans son coin, tenant le moins de place possible, se faisant
tout petit, pas gênant.

Bientôt la pluie cessa. Sur la droite, un filet de soleil perçait le
feuillage luisant d'eau ; à l'opposé, au bout du chemin, un large
écartement de futaies laissait voir un tronçon d'arc-en-ciel, aux nuan-
ces fondues et fugitives. Déjà le sablon du chemin, très avide, paraissait tout au plus humecté. De tous les coins du bois montait une
odeur de terre mouillée, mêlée aux exhalaisons de la sève en travail,
aux senteurs ravivées des chèvrefeuilles, des aubépines.

— Oh ! mais, vous ne me disiez pas !... s'écria au bout de quelque
instants la jeune femme en s'élançant sur le chemin.

Tout blême, derrière Angèle, qui tapait ses jupes pour les remettre, il se disait en la contemplant, qu'il aurait dû...

Au fait, pourquoi ne lui dirait-il pas à présent ? Pourquoi...

— Mademoiselle ! s'écria-t-il d'une voix qui tremblait un peu, mademoiselle !...

Angèle se retourna, surprise de l'accent dont cette interpellation
était jetée.

— Oh ! comme vous êtes pâle, dit-elle.

— Mademoiselle ! répéta le pauvre garçon, voulez-vous... me permettre... de vous offrir mon bras ?

— Tiens ! tiens ! tiens ! Ça ne va pas trop mal, dit une voix forte, tout à coup, dans l'allée de verdure.

M. et Madame Radigot, serrés l'un contre l'autre sous le vaste parapluie de famille, s'avançaient en riant d'Aimé, connaissant la timidité du garçon, son innocence, le jugeant absolument inoffensif, et trompés par son attitude, par le mouvement qu'il avait fait en avant, vers Angèle.

Aimé, confus, les oreilles rouges, une sueur aux tempes, voulut donner des explications.

— C'est très bien, fiston ! très bien, ça ! dit l'horloger avec une ironie sévère, pleine de reproches.

Puis se tournant du côté de sa nièce :

— Vous avez eu bientôt fait de vous entendre, tous les deux. A la bonne heure !

— Mon oncle... essaya d'interrompre Angèle.

— Allons ! allons ! Taisez-vous, mademoiselle ! cria le gros homme, appuyant sur ce dernier mot : « Mademoiselle » et clignant les yeux pour avertir sa femme et sa nièce qu'il plaisantait, préparait « une bonne charge ».

— Taisons-nous ! reprit-il en grossissant la voix, comme fâché, ne faites pas comme ça votre sucrée ! Nous la « connaissons ».

Et s'adressant à Aimé :

— Sais-tu bien, garçon, que ne te mouches pas du pied ! Nom d'un petit bonhomme ! Il ne te faut plus que ça, à toi, galopin ! On t'en fichera, des nièces comme la mienne !

— Vous vous trompez, monsieur Radigot... dit-il d'une voix défaillante, qui subitement lui manqua.

Il ne put ajouter un mot, ses yeux s'emplirent de larmes.

Angèle, de son côté, riait. Elle vint au secours du pauvre garçon.

— Tu avoueras, mon oncle, que M. Aimé doit être bien embarrassé pour nous plaire !

— Comment ça ?

— Mais dame ! Depuis ce matin nous lui reprochons, moi la première, de n'être pas des plus empressés auprès des dames...

— En effet, dit M. Radigot, ce n'est pas sa conversation qui a pu effaroucher les moineaux.

— Eh bien ! poursuivit la jolie blonde, voilà que M. Aimé finit par s'apercevoir qu'il peut s'approcher de nous sans se faire dévorer, voilà qu'il parle, se montre galant...

— Peut-être tombe-t-il d'un excès dans l'autre ? hasarda en souriant madame Radigot.

— Je ne crois pas, ma tante, répliqua vivement Angèle.

Alors, très gaie, d'une mutinerie gamine, qui mettait de l'esprit dans les riens qu'elle débitait, la jeune femme raconta ce qui s'était passé depuis que l'apprenti bijoutier lui avait pris le bras.

— Et quand je ne devrais à M. Aimé que de n'avoir pas mouillé mon chapeau et d'avoir évité l'insipide et sempiternel herboriseur, dit-elle pour finir ; quand il n'aurait eu que cette gracieuseté pleine de tact de s'apercevoir, à un seul de mes regards, que j'étais agacée en revoyant devant moi ce chercheur d'oseille, — qui n'a pas su seulement trouver son chemin, après les indications si claires de mon oncle — je prendrais sur moi de le déclarer un parfait cavalier, et le prierais de me donner son bras pour le reste de la journée.

Et, sans attendre l'effet de sa boutade hardie, sans prendre le temps d'examiner la grosse face triomphante de son oncle, heureux de voir enfin prouvé qu'il avait très bien indiqué le chemin de Clamart, Angèle saisit le bras d'Aimé, dont les yeux pleins de reconnaissance et de timide passion, triomphaient aussi, maintenant, de l'herboriseur.

Deux heures après, les quatre promeneurs quittaient Fleury, où, quoiqu'ils eussent apporté leurs provisions, ils avaient trouvé l'hospitalité à un prix raisonnable. Restaurés et reposés, débarrassés du fardeau des victuailles, ils reprirent leur marche à travers bois.

Ce fut un après-midi délicieux pour Aimé.

Le jeune homme allait toujours, entraînant Angèle, dans une marche allègre, l'emportant presque. Et elle se laissait emporter.

A peine, de loin en loin, avaient-ils échangé un mot. Ils allaient, lui ravi, sans pouvoir le dire — elle charmée, sans le savoir, où plutôt sans se l'avouer à elle-même.

Les époux Radigot suivaient, causant affaires.

Il y avait cinq grands quarts d'heure que les deux couples marchaient, quand, au sortir d'une avenue de peupliers, ils virent devant eux le trou vaste d'une combe, largement évasée en entonnoir.

Ils firent halte, s'assirent dans l'herbe au pied des hêtres. Ce coin du bois était en effet peu hanté. Il n'y avait autour des quatre promeneurs qu'un énorme silence, fait de tous les assoupissements de la forêt à cette heure chaude du jour. L'air n'avait pas un souffle, pas un frisson. Au loin, dans les fourrés où s'étaient faits les déjeuners sur l'herbe, les cris, les chants, les rires s'étaient éteints, dans un alanguissement de sieste. Un lourd sommeil tombait du ciel bleu, avec le soleil implacable.

M. Radigot, le gilet ouvert, un bouton du pantalon défait, s'arrangea commodément pour faire un somme. Sa femme l'imita. Bientôt après, tous deux dormaient.

Aimé, couché à deux pas d'Angèle, se voyait seul avec elle, encore une fois. Alors tout disparut autour de lui. Il ne voyait plus qu'elle. Maintenant, il pouvait la contempler de face et tout à son aise.

Elle était bien séduisante dans la pose un peu nonchalante qu'elle avait prise, à demi-couchée, un coude dans le gazon, la tête dans la main, son buste découpant sur le fond vert de l'herbe les blanches rondeurs de son corsage d'été. Et malgré les précautions qu'elle avait prises en s'assayeant, sa jupe bouffante, tant bien que mal étalée, laissait voir un peu plus que le petit soulier décolleté, qui lui-même découvrait l'élégance et la délicatesse d'une fine cheville.

Et il admirait ce délicieux visage, d'un ovale régulier et gracieux, couronné d'or par l'opulente chevelure qui chargeait un peu le front ; ses lèvres brûlaient de désir pour les lèvres sensuelles de la jeune femme, entre lesquelles les dents blanches mettaient un demi-sourire, éblouissant ; il osait regarder à présent ces grands yeux, perdus au loin, vaguement fixés par les broussailles maigres, et qu'une langueur de paresse envahissait, éteignant l'audace de leurs prunelles bleu foncé.

Et, fou de passion, il se dit qu'il avait été trop niais jusqu'alors, qu'il aurait dû oser !

A présent, il était décidé ! Il n'avait qu'à se rapprocher un peu, tout doucement, pour lui dire à voix basse, lui murmurer un mot, ce mot qui, depuis le matin, lui brûlait la gorge, que plusieurs fois il avait eu sur les lèvres, qu'il avait cru dire, et qu'il n'avait pas même balbutié ! Oui ! il allait lui dire qu'il l'aimait ! dût-il mourir de honte et de douleur si elle éclatait de rire !

Il se rapprocha... Le mouvement qu'il fit éveilla la jeune femme de sa rêverie. Elle tourna vers lui son regard calme, où il crut voir poindre un sourire.

Il se trouva ridicule et s'arrêta... Mais il avait ouvert la bouche pour parler, il voulut quand même dire quelque chose.

— Quelle belle solitude ! laissa-t-il échapper, sans savoir ce qu'il disait.

— Mon oncle vous apprend mieux que l'horlogerie, répondit Angèle, pas très haut, en riant ; il vous apprend aussi à jouir des beautés de la nature.

— Et vous, vous m'apprenez à en souffrir ! dit tout à coup Aimé, très vite et d'un ton passionné.

Mais Angèle, soit qu'elle ne comprît pas, ou ne voulût pas comprendre, l'interrogea d'un regard surpris.

— Comment cela ? dit-elle très sérieuse.

Le candide adolescent s'aperçut alors qu'il s'était jeté dans le marivaudage comme certaines gens, quittes à y rester, se jettent à l'eau pour apprendre à nager.

Il était trop amoureux pour avoir de l'esprit ; il ne sut que répondre.

Angèle et lui portèrent les yeux dans la même direction.

Devant eux, au loin, un peu sur leur droite, une longue file de couples descendait tortueusement au milieu des ronces, disparaissant derrière les bouquets d'arbustes, reparaissant plus bas, sur la blancheur du chemin, pour s'enfoncer enfin à mi-corps dans le champ de broussailles.

Tous ces gens étaient gais, jasaient éclataient de rire.

Aimé et Angèle, tous deux silencieux, les suivirent du regard. Couple par couple, ils les virent s'enfoncer dans les taillis, pareils, dans l'éloignement, à de jolies marionnettes, mais vivants de gestes, éclatants de couleur et de vie, dans le papillonnement de la toilette des femmes et l'exubérance galante de leurs cavaliers.

Le dernier couple, fort en arrière déjà, semblait traîner exprès le pas, pour s'isoler davantage.

Quand toute la société eut disparu, profitant de l'instant favorable qu'il guettait depuis longtemps sans doute, l'homme saisit sa compagne dans ses bras, d'un geste brusque, et lui appliqua hardiment un baiser. La femme parut le lui rendre, puis le couple disparut à son tour.

Angèle avait tout vu. Elle devint rouge, promena autour d'elle ses yeux baissés dans un embarras de pudeur, cherchant, mais ne trouvant pas, un sujet de diversion.

— Ils sont heureux, ceux-là ! murmura Aimé, faisant allusion au baiser.

Angèle eut un geste offensé, que le naïf garçon ne vit pas.

Alors elle répondit, feignant de se méprendre :

— En effet, tout ce monde est bien gai, paraît s'amuser vraiment !

Il y eut un court silence.

— Peut-être faut-il être hardi, en amour ? dit Aimé, qui poursuivait sa pensée et comparait mentalement sa timidité excessive à la hardiesse d'allures dont il venait d'être témoin.

Il avait jeté cette réflexion d'un air si comiquement piteux qu'Angèle partit de rire.

— En amour, monsieur Aimé, en amour...

Elle n'acheva pas.

M. Radigot, réveillé sur ce dernier mot par la voix rieuse d'Angèle, s'écria :

— Ah ! ce coup-ci, vous ne direz pas que non ! Je vous y prends. Aimé a fait sa petite déclaration ! Décidément, il en tient. c'est sérieux ! N'est-ce pas, Aimé ?

Et comme le jeune homme, debout maintenant, balbutiait quelques paroles inintelligibles, le bijoutier ajouta :

— Va, va ! pas tant d'excuses, pardié ! Nous arrangerons ça avec les parents de la fille, comme on dit dans mon village.

Puis, se levant et venant prendre son apprenti sous le bras avec une familiarité de bon augure, il lui dit, en jetant un coup d'œil d'intelligence à madame Radigot :

— Ecoute, Aimé, tu es amoureux d'Angèle, n'est-ce pas ? Ne dis pas non, c'est aussi visible que le nez au milieu de la figure. Eh bien ! si tu t'appliques au travail, si je suis content de toi, je te la donnerai en mariage.

Madame Radigot ouvrait la bouche pour parler ; un nouveau regard de son mari lui imposa silence.

— Vous voulez vous moquer de moi, dit Aimé presque bas, content de voir qu'Angèle, qui marchait doucement à quelque distance, n'avait rien entendu.

— Je parle très sérieusement, répondit le gros homme.

— Mais, voudra-t-elle de moi ?

— Bêta, va ! Tu as donc les yeux bouchés ? Ce n'est qu'une question de temps, si tu sais t'y prendre. Je te répète : que je sois content de toi, et je me charge de l'affaire

Aimé rayonnait. Il rejoignit Angèle et, maintenant, plein de confiance en lui-même, il lui offrit le bras d'un air tout à fait dégagé.

Derrière, M. Radigot riait, d'un rire contenu, pour ne pas être entendu des jeunes gens.

— Es-tu fou, Théodore ? dit Madame Radigot.

— Bah ! pour la rigolade !

— Mais, si ce garçon allait se mettre ça en tête, devenir sérieusement amoureux, nous serions obligés de lui dire... ce que nous cachons, qu'Angèle est mariée, de lui conter...

— Allons donc ! quand il aura bien fait la roue, il se consolera avec une autre, la première venue. Laisse-moi faire. Ce sera une bonne blague, bien amusante, chaque fois qu'Angèle viendra à la maison.

Et toutes les représentations de madame Radigot, toutes les objections qu'elle présenta se heurtèrent contre l'entêtement du bijoutier, qui avait découvert dans la naissante passion d'Aimé l'élément d'une de ses « bonnes charges ».

— Pour la rigolade ! répétait-il bien après que sa femme avait reconnu qu'elle perdait son temps à vouloir le dissuader de sa plaisanterie imbécile.

— Pour la rigolade !

Alors, tout le reste de la journée, ce fut la grosse préoccupation de l'horloger.

Un instant, Angèle fut sur le point de mettre fin à ce jeu, que son instinct de femme lui faisait trouver au moins aussi dangereux que bête. Elle n'eut pas la force de volonté nécessaire.

Non seulement il lui eût coûté de faire connaître au jeune homme sa situation de femme mariée qu'elle cachait ; mais encore elle subissait un charme indéfinissable où sa coquetterie, cependant sans aucun espoir, se délectait inconsciemment. Elle se laissa courtiser « pour rire », se disait-elle.

L'horloger, qui marchait quelques pas en avant, fit tout à coup volte-face en s'écriant, la bouche démesurément fendue dans un triomphe :

— Là ! vous n'y pensiez plus, n'est-ce pas ? Mais je vous ménageais la surprise !

Et comme sa femme, non plus que les deux jeunes gens n'avaient l'air de comprendre, il reprit sa marche d'avant-garde, et cria :

— L'étang de Villebon ! L'étang de Villebon ! Nous y sommes.

En effet, un étang se cachait entre les hautes futaies de cette partie du bois. Au bout de quelques pas, quand ils eurent rejoint M. Radigot, le jeune homme et les deux femmes aperçurent, à travers une dernière barrière d'ormes, tout un coin d'eau stagnante, où le grand jour, lumineux, mettait un reflet d'acier poli.

C'était l'étang des Fonceaux.

Mais le gros homme pouvait jouir tranquillement de la gloriole que lui procurait cette erreur. Aimé ni Angèle ne connaissaient les environs de la ville ; ils n'étaient pas capables de distinguer le bois de Clamart du bois de Meudon, encore moins de s'apercevoir qu'on se trouvait non point à l'étang de Villebon, mais à celui des Fonceaux.

Quant à madame Radigot, elle n'était guère plus forte que son mari en matière de topographie ; et, d'ailleurs, ce n'est pas pour si peu qu'elle eût risqué de le contredire.

L'apprenti, métamorphosé par le bonheur, était devenu bavard, presque ; tandis qu'Angèle, au contraire, se reprochant tout bas sa faiblesse, ne répondait que distraitement, par monosyllabes.

Alors, plein de passion, l'œil ardent, il se pencha vers elle, l'esprit en délire.

Surprise tout d'abord par cette attitude, Angèle voulut l'interrompre.

— Monsieur Aimé ! dit-elle doucement.

Mais le jeune horloger, n'entendant rien, continuait :

— Voyez-vous ces saules, là-bas ? répétait-il, la parole précipitée.

Et il guidait de la main le regard de la jeune femme.

— Voyez-vous, là-bas, ces saules ! Eh bien ! c'est là que je voudrais, une fois mariés, une fois libres d'aller où nous voudrions, de rester où bon nous semblerait — c'est là, Angèle, que je voudrais venir souvent, revenir toujours avec vous, oublier les heures, oublier tout ! ne songer qu'à mon amour pour vous, vous répéter, sans me lasser jamais : « Je t'aime ! Je t'aime ! »

Mademoiselle, si vous le permettez (page 3).

Angèle ne pouvait laisser plus longtemps ce malheureux jeune fou croire à l'imbécile plaisanterie de son oncle.

Elle ouvrit la bouche pour lui dire enfin : « Je suis mariée ! »

Encore une fois, a gorge serrée par une émotion qu'elle ne pouvait vaincre, elle eut à peine la force d'articuler une supplication :

— Monsieur Aimé !

Elle souffrait, subjuguée par cet étrange personnage, qui, tour à tour d'une timidité enfantine et d'une hardiesse exagérée, l'attirait, tremblante, jetait brusquement dans sa vie le rayonnement d'un amour nouveau pour elle, d'un amour qui tenait du rêve.

Pourtant, elle le sentait bien, il ne fallait pas plus longtemps tarder, il fallait désabuser le pauvre garçon.

Elle perdit du temps à chercher une phrase convenable, pas trop dure.

Elle ne trouva pas.

D'ailleurs, M. Radigot, qui avait suffisamment triomphé, venait de donner le signal du départ.

La journée tirait à sa fin.

Aimé, tout en se disposant, d'un pas machinal, à suivre son patron, jeta autour de lui un dernier regard de regret à cette splendeur, dont la beauté s'augmentait encore des magiques visions de son esprit troublé.

Puis, comme il ramenait ses yeux vers l'étang, où l'ombre épaississait, il eut un long tressaillement.

Saisissant la main d'Angèle, il dit :

— M'aimez-vous, Angèle ? M'aimez-vous ? Oh ! dites-moi que vous m'aimez !

— Ah ! ça ! Angèle, viens-tu ? cria Madame Radigot, cherchant, sans cependant le laisser voir, à séparer les deux jeunes gens, à détruire l'effet de la « bonne charge » de son mari.

— Voilà ! ma tante, dit la jeune femme, en accourant, contente de se dérober aux questions embarrassantes d'Aimé, aux effusions de cet amour naissant.

Elle passa son bras, qui tremblait, sous celui de Madame Radigot.

Une heure plus tard, à la station de Bellevue, l'horloger répétait encore à son apprenti :

— Elle est gentille, n'est-ce pas ? Eh bien, travaille ; je te la donnerai en mariage.

II

Aimé se trouvait seul, ce soir-là, dans le magasin de bijouterie. Madame Radigot, d'un côté, M. Radigot de l'autre, étaient en courses, lui pour une commande, elle pour un recouvrement.

Et ce soir-là, plus encore que de couture, Aimé rayonnait de félicité en songeant aux futures délices dont chaque journée de travail appliqué le rapprochait. C'est qu'à l'ineffable certitude où il était de posséder un jour Angèle, s'ajoutait aujourd'hui un contentement matériel inattendu, qui venait décupler, dans son imagination, ses rêves d'amours heureuses.

Un ami de son père, récemment revenu de Rio de Janeiro, lui avait apporté vingt mille francs, jadis emprunté sur parole au gantier de Blois. Cette petite fortune lui tombant ainsi des nues ; ces vingt billets de banque qu'il tenait là, contre sa poitrine, et que plus de vingt fois, depuis le départ de l'honnête restituteur, il avait tirés de sa poche pour les compter et les recompter ; ces vingt mille francs l'emplissaient d'une pensée unique : le bonheur d'Angèle ! Et dans sa tête roulaient des projets d'opérations commerciales où il centuplerait son avoir, grâce auxquelles en peu d'années il arriverait à manier l'or à poignées, pourrait entourer son Angèle d'un luxe digne de sa beauté !

De nouveau, il allait tirer de sa poche les vingt billets de mille francs et les compter encore, quand le bruit du bouton de la porte clenché, puis un coup de timbre, l'arrêtèrent.

Il se retourna. Angèle entrait. Il eut une exclamation joyeuse, bientôt suivie d'un mouvement muet de surprise, en lui voyant dans les bras un jeune enfant.

La joie l'emportait sur l'étonnement : il s'écria d'abord :

— En vérité, aujourd'hui, j'ai tous les bonheurs !

Angèle s'était avancée de quelques pas, puis arrêtée, hésitante.

Il reprit :

— D'ailleurs, je pensais à vous. Mais ce n'était pas une raison pour compter sur votre visite ! Car alors vous viendriez tous les jours !

Puis, avec un amoureux reproche :

— Il s'en faut énormément que vous veniez tous les jours. Savez-vous que voilà deux mois, depuis la dernière fois... Oui, deux mois moins trois jours. Je compte les jours.

Et, caressant l'enfant, qu'un instant il avait oublié :

— Le mignon chérubin que vous avez amené là ! L'enfant d'une voisine ? Oh ! qu'il est joli !

Angèle était devenue plus pâle. Elle ouvrit la bouche avec la résolution de dire tout d'un coup quelque chose de pénible. Elle se tut. Puis, questionnant :

— Mon oncle n'est pas là, monsieur Aimé ?

— Non, mademoiselle Angèle, ils ne sont là ni l'un ni l'autre. C'est moi qui fais les honneurs de la maison. Vous devez croire que vous n'en serez pas plus mal reçue.

— Ah ! ils ne sont pas là, répéta Angèle, d'un air préoccupé.

Et, se parlant à elle-même, elle murmura :

— Au fait, tant mieux.

Aimé n'entendit pas ces derniers mots de la jeune femme. Il était déjà dans l'arrière-boutique allumait une lampe. Il cria du fond, tout en ajustant l'abat-jour :

— Mais entrez donc vous asseoir par ici, mademoiselle Angèle ! Venez donc que je vous conte la jolie surprise qu'on m'a faite cet après-midi !

Elle entra, s'assit sur la chaise qu'il lui avançait, auprès de la petite table ronde à toile cirée qui, avec un buffet à l'étagère, formaient tout l'ameublement de cette pièce, la salle à manger des commerçants.

— Qu'il est donc joli, ce mignon ! reprit Aimé en s'approchant d'Angèle pour faire à l'enfant une maladroite risette, une risette d'amoureux. Vous êtes bien toutes les mêmes, les jeunes filles ! Il vous faut vous emparer des enfants des autres, pour vous donner des airs de mamans. Après tout, c'est l'apprentissage, la continuation de la poupée !

De nouveau, il agaça le petit être, qui, dans sa pelisse, lui souriait. Et il ajouta avec toute la volubilité de sa joie, qui le faisait parler à tort et à travers :

— Oh ! parbleu ! Vous pourriez faire croire qu'il est à vous ; il est assez beau pour cela !

Angèle était blême, ses lèvres tremblaient ; une larme humecta ses longs cils. Elle répondit, d'une voix mal assurée :

— Mais c'est mon enfant, en effet.

Aimé pâlit à son tour. Un battement de cœur violent lui coupa la voix, le força de s'asseoir.

Pendant une minute, ils restèrent tous les deux sans pouvoir dire un mot : Angèle, écrasée par l'énormité de l'aveu qu'elle devait achever ; Aimé, frappé douloureusement dans ses chères espérances.

Elle avait un enfant ! Elle appartenait à un homme qu'elle aimait, sans doute ! Et depuis cinq mois, depuis cette merveilleuse journée à travers bois, dont le souvenir, effaçant toute sa vie antérieure, subsistait seule pour lui, occupait tout son esprit, tout son cœur, plutôt ! Depuis cinq mois, les quatre fois qu'elle était venue, qu'elle avait rougi de plaisir lorsque son oncle renouvelait devant elle la promesse d'unir ses deux enfants adoptifs, comme il disait, depuis cinq mois Angèle se moquait de lui ! Non ! C'était impossible ! Angèle capable d'une lâcheté ? Non ! Non !

Il attacha sur elle un long regard où son amour s'augmentait d'une généreuse compassion pour la jeune femme, dont les pleurs ennoblissaient, grandissaient la beauté.

— Pourquoi me l'avoir caché si longtemps, Angèle ? dit-il d'une voix très douce. Avez-vous donc douté de mon amour ? Oh ! mon adorée, je vous aime trop pour ne pas l'aimer, le cher petit ! Et comme je vous le disais tout à l'heure en riant, — pardonnez-moi cette plaisanterie qui vous a fait mal ! — je veux en être le père !

Il avait pris l'enfant, le couvrait de baisers.

Angèle, qu'un sanglot suffoquait, ne répondit pas.

— Vous consentez, Angèle ! n'est-ce pas ? Vous consentez, reprit le jeune homme, inquiet de ce silence.

Alors la jeune femme, faisant un effort violent, put balbutier :

— Je vous ai indignement abusé, monsieur Aimé. Je suis mariée.

— Mariée ? interrogea Aimé, dont les traits, en quelques secondes, passèrent de la surprise à la stupéfaction, de la douleur au désespoir. Mariée ? Mariée ?

D'un mouvement lent et le visage glacial, il s'approcha d'elle, lui remit son enfant dans ses bras.

Elle courba la tête sous le muet reproche de cette simple action. Ses mains tremblaient en saisissant le petit être ; elle allait s'évanouir.

Son amour de mère lui donna la force de résister à son accablement, l'empêcha de succomber.

Aimé, en la regardant, ne pouvait douter. Mais alors, pourquoi cette odieuse comédie de ses patrons ?

— C'est bien mal, ce que vous avez fait là... madame, dit-il, d'une voix où tremblait l'amour qui emplissait son cœur au point de n'y laisser aucune place à la colère. C'est bien mal.

Mais une réaction s'opéra dans l'esprit d'Aimé. De nouveau, il ne pouvait croire qu'Angèle fût mariée. De ses mains tremblantes d'une fièvre passionnée, il prit la main d'Angèle, en ajoutant :

— Vous ne savez donc pas que j'en mourrai, si vous me repoussez !

Elle se dégagea doucement, et dit d'une voix très ferme :

— Je suis mariée...

Aimé, les yeux gonflés de larmes suspendues, la gorge serrée d'émotion, interrompit la jeune femme.

— Si ces explications doivent vous entraîner à quelque aveu trop pénible, Angèle... Madame, dit-il, en se reprenant vite, je vous en prie, croyez que je vous... estime trop pour souffrir que vous vous excusiez.

Mais Angèle voulut poursuivre :

— J'aimais l'homme dont je porte le nom, dit-elle à voix presque basse, et en évitant le regard d'Aimé ; je l'aimais autant que je le hais aujourd'hui !

Je l'aimais, continua-t-elle, au point de l'épouser, aussi pauvre que moi, en dépit des avis de mon oncle, presque contre la volonté de ma mère — qui vivait encore alors.

Deux mois ne s'étaient pas écoulés, depuis mon mariage... que mon mari — la loi lui conserve à jamais ce titre ! — m'abandonnait pour fuir avec la femme de son patron qui, paraît-il, était depuis longtemps sa maîtresse.

Aimé jeta une exclamation indignée :

— Vous abandonner ! vous ! Mais cet homme est bien misérable ou bien fou !

— Comment ne suis-je pas morte de honte ? reprit Angèle. Je ne sais. Je me serais certainement tuée, si je n'avais espéré, me sentant mère, que pour son enfant, mon mari me reviendrait. Il y a de cela près de deux ans !...

Elle s'arrêta pour déposer, dans une effusion de tendresse maternelle, un long baiser sur le visage rose du poupon.

Alors Aimé tombant au genoux de la jeune femme, les lui étreignant, baisant follement sa robe, s'écria d'une voix étranglée par la passion :

— Vous m'aimez, Angèle ! Vous m'aimez ! Oh ! que je suis heureux !

D'une main, elle tenta de le repousser ; mais sa main, malgré elle, caressait.

Aimé, égaré par le désir, se releva vivement. Il l'entoura de ses deux bras, par dessus l'enfant, couvrant de baisers avides les beaux yeux voluptueux, la bouche un peu sensuelle, les cheveux soyeux et dorés qui l'avaient tant affolé, là-bas, sous les arbres. Il tenait enfin sur sa poitrine celle qu'il avait tant de fois cru étreindre, dans ses premières aspirations amoureuses ! Il tenait celle qui, pour lui, depuis que s'étaient éveillés ses sens, résumait toutes les beautés rêvées ! Il tenait dans ses bras Angèle ! Il tenait « LA FEMME ».

— Tu m'aimes, mon Angèle ? Oh ! dis-le moi ! Que j'entende ta voix pure me le dire ! murmura-t-il.

Et de nouveau il la couvrit de baisers furieux.

Angèle eut le temps de recouvrer son sang-froid.

D'un mouvement brusque elle se dressa debout, et, d'une voix où tremblait un reste d'émotion, elle dit :

— Aimé, je suis mère. Je n'ai pas le droit...

Alors, l'adolescent timide reparaissant en lui, Aimé fut honteux de son transport : il dénoua ses bras.

A ce moment, le timbre de la porte d'entrée résonnant tout à coup bouleversa les jeunes gens comme des criminels en flagrant délit.

Aimé, le visage enflammé, hésita une seconde, puis alla dans la boutique. Il fut très troublé en voyant madame Radigot qui revenait.

— Monsieur n'est pas rentré ? fit l'horlogère en dégrafant son manteau et sans remarquer la rougeur et l'embarras du commis.

— Non, Madame, répondit Aimé d'un ton mal assuré.

— Tu as l'air tout chose, Aimé, remarqua-t-elle, comme ses yeux, dans une inspection de patronne qui rentre, s'arrêtaient sur le visage encore sens dessus-dessous du garçon.

Il poussa un soupir de soulagement lorsqu'il aperçut, dans le cadre de la porte, Angèle, qui, pour ménager une surprise à sa tante, laquelle ne savait pas l'enfant revenu de nourrice, avait laissé le petit être sur une chaise, et s'avançait souriante, en disant :

— Bonsoir, ma tante !

— Tiens ! tu étais là, toi ! dit d'un air affectueux madame Radigot, tout en fronçant un peu le sourcil.

— Ah ! ah ! tu ne comptais pas sur moi aujourd'hui, dit-elle, enjouée.

— Et, il y a longtemps que vous êtes...

L'horlogère allait dire : « que vous êtes seuls ensemble ».

Elle se reprit :

— Y a-t-il longtemps que tu es arrivée ?

— Une demi-heure, peut-être, dit la jeune femme, très sincère.

Soupçonneuse, Madame Radigot reprit :

— Voyons, je voudrais bien savoir pourquoi, tous les deux, vous avez l'air si drôle.

Angèle essaya de protester.

Sa tante, sans l'écouter, reprit, s'adressant à Aimé :

— Puisque tu es assez enfant pour prendre au sérieux une plaisanterie, qu'on a peut-être poussée un peu loin, à dire vrai, puisque à ton âge, tu te permets, gamin ! de devenir amoureux pour de bon, Angèle, pendant cette demi-heure, aurait dû te dire...

— Rassure-toi, ma tante, interrompit Angèle, presque sèchement.

Et elle courut chercher son enfant.

— Tiens ! dit-elle en revenant, avec un geste triomphateur de mère, j'ai tout dit à M. Aimé ; et, comme je savais qu'en effet « la plaisanterie avait été poussée un peu loin », comme je craignais de n'être pas crue sur parole, j'ai eu soin de ne venir que munie d'une preuve... vivante !

Pendant quelques minutes, entre les deux femmes, il ne fut question que du bambin revenu de nourrice.

Madame Radigot, se rappelant son unique, emporté tout jeune, à cinq ans, versa quelques larmes.

Elle s'aperçut enfin, à son tour, de la douleur d'Aimé.

Alors, remettant le petit dans les bras d'Angèle.

— Comment ! Tu es aussi toqué que ça ? dit-elle au jeune commis, M. Radigot a fait une sottise, c'est vrai, je le lui ai dit et répété plusieurs fois ; c'est pourquoi j'allais mettre les pieds dans le plat, tout à l'heure. Mais le plus fort est fait. Demain, tu n'y penseras plus, n'est-ce pas ? Il faut être homme...

Aimé tourna un regard triste vers Angèle.

— Vous avez raison, madame ; j'étais fou... J'aurais dû voir... Mais, j'oublierai. Je vous promets d'oublier.

Un furtif coup d'œil de la jeune femme le remercia. Il se laissa tomber sur un tabouret, et, les yeux noyés, essaya de reprendre son ouvrage.

— Allons ! Angèle, dit l'horlogère, passons par là ; laissons-le travailler. Tu dînes avec nous ? Viens, il faut que je prépare mon dîner. Je suis en retard.

Un nouveau coup de timbre résonna.

C'était, cette fois, M. Radigot qui rentrait.

— Oh ! cache-toi, vite ! vite ! pour le surprendre, dit la bijoutière en poussant dans la cuisine la jeune mère avec son enfant.

Le gros homme était tout guilleret. Les yeux à fleur de tête luisant, sa bouche béant en un large sourire, son chapeau melon, en arrière, découvrant son front bas et étroit, donnaient à sa face trop ronde une expression de lourd contentement de soi-même, qui annonçait quelque chose de nouveau.

— Devine qui j'ai rencontré ! dit-il à sa femme, qui s'était avancée. Tu ne devines pas ? Non, tu ne peux pas deviner.

Il fit une longue pause, jouissant de l'impatience de madame Radigot.

— Eh bien ! j'ai rencontré Philippe !

Et, se tournant vers l'apprenti qui, involontairement levait la tête.

— Philippe Brousse, notre neveu, le mari d'Angèle, ajouta-t-il en ricanant à l'avance de la stupéfaction du jeune homme.

Mais Aimé n'avait plus rien à souffrir. Il resta impassible, au grand désappointement de l'horloger.

— J'espère bien que tu ne lui as pas parlé à ce misérable ! dit madame Radigot.

Un instant, M. Radigot hésita à répondre.

— Oh ! si tu le voyais ! Il est joliment changé, va ! Il s'en veut de ce qu'il a fait. Il adore Angèle, regrette son ménage. Il n'a pas oublié qu'il est père. Il pleurait en parlant de son enfant.

— Larmes de crocodile, dit entre ses dents la bijoutière.

— Il m'attendait au café, n'osant pas venir directement ici... Même que nous avons fait une fameuse partie de billard.

— Enfin, qu'est-ce qu'il te voulait ? interrogea madame Radigot.

— Ce qu'il me voulait ? Tiens, parbleu, je l'ai deviné tout de suite, moi. Il venait me demander de lui ménager un rapprochement avec sa femme.

— Tu n'as pas hésité, je suppose, à lui répondre...

— Que je ne demandais pas mieux, ça va tout seul, ajouta le gros homme, croyant achever la pensée de sa femme.

Madame Radigot eut un geste de résignation. Puis, se ravisant, elle dit :

— Après tout, cela ne t'engage à rien. Nous consulterons Angèle. Justement, elle est par là. Et si elle ne veut pas...

— Elle est par là ? s'écria M. Radigot, ravi. Oh ! mais ça tombe à merveille !

Puis, baissant la voix :

— Cependant, il faut la prévenir... quelquefois, n'est-ce pas... le saisissement... Philippe va venir dans quelques minutes. Il est à deux pas. Je l'ai invité à dîner. Je lui devais bien ça, pour le consoler de la brossée que je lui ai donnée au billard.

Aimé, à sa table, essayait inutilement, les mains tremblantes, de retrouver et de rassembler les pièces microscopiques du chronomètre qu'il venait de nettoyer, et ses yeux bleus, pendant que l'horloger parlait, se tournaient vers lui, chargés de mépris et de haine. Il lui en voulait de lui avoir fait jouer un rôle ridicule et douloureux, mais il lui en voulait plus encore de songer à jeter dans les bras l'un de l'autre Angèle et son mari, séparés depuis deux ans, que de s'être moqué de lui, en lui enfonçant au cœur cet amour impossible, qui le tuerait.

Angèle, qui s'était lassée d'attendre dans la cuisine, apparut, souriante. Elle dit, en badinant :

— Je vous présente monsieur votre petit-neveu, mon oncle.

— Quelle coïncidence ! déclara l'horloger. Et l'on viendra nous dire que c'est le hasard qui préside à nos destinées !... Nous lui avons retrouvé son père, à ce cher petit ange ! Ce pauvre bébé abandonné ! Je te ramène Philippe.

La jeune femme fixa sur l'horloger ses grands yeux qu'une colère rendait durs.

— Tu me le ramènes ? Tu me le ramènes ? Et qui t'a chargé de cette mission ?

Et s'avançant, menaçante, vers le gros homme :

— Je ne laisse à personne, tu entends, le droit de compromettre ma dignité de femme dédaignée. Je ne veux pas le voir. Si tu lui dis où je demeure, tu commettras une lâcheté.

Puis, courant mettre sa capeline :

— D'ailleurs, je ne rentrerai plutôt pas chez moi.

Sous un chapeau garni avec goût (page 6).

M. Radigot, se précipitant derrière elle, répétait en bredouillant :

— Oh ! les femmes, les femmes... c'est plus mauvais que les hommes !

Aimé rayonnait.

A ce moment, un homme entra. L'apprenti horloger devina Philippe.

Le mari d'Angèle était un beau brun de vingt-cinq ans, solidement musclé, d'aspect intrépide. De taille moyenne, souple et vigoureux, il portait hardiment un visage de joli militaire, haut en couleurs, très soigneux d'une énorme moustache dont le jais intense ressortait avec une exagération d'art postiche. Sous des sourcils aussi noirs que la barbe et qui se rejoignaient au-dessus d'un nez aquilin très pur, il dardait l'éclat magnétique de ses yeux de pétulant méridional, plein de sang. Il était vêtu d'un costume dont la coupe parfaite faisait valoir ses avantages corporels, mais qui par son état d'usure indiquait un revirement d'existence. Il portait sa misère avec une assurance d'homme à bonnes fortunes, sûr de plaire par lui-même.

Engagé volontaire à dix-huit ans, par un coup de tête de paresseux noceur, il était revenu du service avec les galons de sergent, « le grade de sous-officier », ainsi qu'il disait de préférence. Et il avait rapporté de ses sept années de caserne, en même temps qu'une aversion plus grande du travail, une confiance absolue dans ses avantages physiques, que des succès de garnison lui avaient fait apprécier, et dont son imagination de Marseillais lui faisait espérer, une fois à Paris, un avenir scintillant de richesse.

Cependant, en dépit de ses belles espérances, il avait su demander, pour vivre, un emploi de cent vingt-cinq francs dans une maison de commerce, où, par égard pour son admirable calligraphie, pour l'art merveilleux qu'il possédait de mouler des titres en gothiques et des sous-titres en ronde, on avait fermé les yeux sur son orthographe douteuse. Le hasard servit ses projets. Sa patronne, petite bourgeoise mariée contre son goût et pour la fortune seulement, remarqua la beauté vigoureuse de son commis. Lui trouvant les traits de l'homme unique pour lequel elle était née, elle répondit à ses avances hardies et s'abandonna. Alors, sans scrupules, l'ex-sous-officier exploita cette passion, au grand préjudice de la caisse de son patron. Il y mit si peu de retenue que la malheureuse coupable, redoutant une catastrophe, essaya de le modérer. Ce fut alors que, par dépit, il se maria. Sa patronne, affolée de jalousie, voulut le reconquérir ; elle n'en trouva le moyen qu'en volant tout ce qu'elle put trouver d'argent à la maison, une quinzaine de mille francs pour fuir avec Philippe, que cette petite fortune tenta.

Maintenant, l'argent mangé, Philippe revenait.

Il s'avança cavalièrement, sans aucune gêne, comme chez lui :

— Où est ma chère tante ? dit-il à M. Radigot, avec un accent marseillais qui donnait à son bel aplomb un air tout naturel. Où est-elle, que je l'embrasse ! Depuis si longtemps que je ne l'ai vue...

Soudain il se trouva face à face avec sa femme, très pâle, serrant son enfant dans ses bras.

Une seconde, il perdit contenance. Mais reprenant vite son assurance, il lui barra le passage en s'écriant :

— Oh ! quel bonheur, ma petite femme ! Ma petite femme ! Ecoute-moi, laisse-moi t'embrasser, embrasser mon enfant...

Angèle voulut passer. De ses deux bras étendus, dans une effusion hypocrite, Philippe la retint.

D'un vigoureux effort, elle repoussa rudement, le faisant reculer d'un pas.

M. Radigot intervint.

— Tout ça s'arrangera, dit-il à l'ancien sous-officier. Du moment que tu te repens, parbleu !... Angèle est bonne fille et elle t'aime toujours, au fond... Voyons, ma nièce, il te revient pour toujours... Tiens, vois-le, il pleure ! Vous serez heureux maintenant... tandis que, jusqu'ici, quelle vie aviez-vous l'un et l'autre ? Pour le monde, vous ne pouviez rester comme ça... Vous allez rentrer tous les deux, comme deux amoureux.

Angèle était très faible. Pourtant, elle se redressa :

— Jamais ! cria-t-elle. Je le hais, je le méprise !

— Bah ! bah ! insista M. Radigot. Tu te figures ça ! Moi, je suis sûr du contraire !

Et, poussant Philippe auprès d'elle, il ajouta :

— Tiens, il te demande pardon.

Philippe s'était approché et couvrait l'enfant de baisers pour se donner une contenance.

Angèle ne répondit pas.

M. Radigot eut alors recours aux grandes phrases.

— Il vient reprendre sa place de père et d'époux au foyer familial ! Voyons, Angèle ! tends-lui la main, montre ta grande âme !

— Jamais ! Jamais ! répliqua Angèle avec un geste d'impatience.

— La loi est pour lui, Angèle, dit-il d'un air grave avec la solennité d'un juge qui prononce un arrêt. La loi est pour lui !... Voyons ! puisqu'il te revient avec les meilleures intentions... C'est toi qui aurais tort, ma nièce, si tu refusais de rentrer avec ton mari. Vous n'êtes pas séparés. Il pourrait même te forcer à le suivre. Va, il vaut mieux céder.

La jeune mère se débattait. Elle allait se dégager. Les paroles de son oncle la brisèrent. Alors, vaincue par son amour de mère, elle se résigna.

— Soit, dit-elle, je me soumets.

— Mon neveu, dit alors M. Radigot en s'approchant de Philippe, et prenant son air le plus solennel, mon neveu, oublions le passé. Tout est fini. Mais je compte sur ton honnêteté. Tu te rappelles ce que tu m'as promis en faisant cette partie de billard où je t'ai si bien brossé... Rends-la heureuse !

Angèle avait réparé le désordre de sa toilette, remis sa capeline. Elle embrassa sa tante, dont le silence avait été pour elle une marque de sympathie.

— Partons, dit-elle d'un air résigné.

M. Radigot, maintenant, s'attendrissait.

— Ah ! s'écria-t-il d'une voix étouffée par l'émotion, il m'était trop pénible d'avoir dans ma famille un ménage désuni. Ma conscience me dit que j'ai fait là une belle action, en vous rapprochant.

La jeune femme répéta en se dirigeant vers la porte :

— Partons. J'ai besoin de rentrer tout de suite ; je suis brisée.

Et, très pâle, les joues marbrées, elle sortit ; sous le regard d'Aimé, dont il lui semblait sentir l'expression de pitié écrasante, elle courba la tête, n'osa lever les yeux.

III

Minuit sonnait à la petite pendule de bronze doré. Angèle laissa retomber le rideau de damas que, pour la dixième fois peut-être, elle venait de soulever, en regardant à travers les vitres. Puis, s'approchant de la bercelonnette où dormait son enfant, elle baisa le cher petit être, l'effleurant à peine pour ne pas l'éveiller, et elle se mit à faire son second lit.

Il s'agissait, comme depuis bientôt quinze jours, d'ôter du grand lit d'acajou un matelas et de l'étendre au milieu de la chambre, sur la moquette du tapis d'y joindre un oreiller, des draps et une couverture.

Ce fut l'affaire d'un instant. Alors, lentement, à regret, elle se déshabilla.

Ses yeux se promenaient douloureusement avec l'insécurité d'un oiseau dont on aurait bouleversé la cage, dans cette chambre qui, depuis deux ans, était redevenue pour elle sa chambre de jeune fille, où son amour déçu s'était complu à refaire les rêves d'avant le mariage.

Elle souffrait à la vue des objets masculins que Philippe y avait apportés, et qui, à ses yeux de femme violentée, reprise brutalement, semblaient s'étaler avec une insolence de conquête.

C'est que, dès le lendemain matin de sa prétendue réconciliation avec Philippe Brousse, dès le lendemain du sacrifice que lui avait dicté sa maternité, Angèle avait compris qu'en une minute le fruit de ses deux années de travail était perdu, ou tout au moins gravement compromis. Il devenait évident pour elle — à la façon dont le Marseillais se carrait dans le petit logis où depuis deux ans elle était si tranquille — que, désormais, elle allait avoir à défendre contre des appétits de débauche, des exigences de paresse coûteuse, le peu qu'elle possédait, qu'elle avait péniblement gagné.

Il y avait un an et demi qu'elle s'était établie couturière dans cette vieille maison de la rue Notre-Dame-de-Lorette. Après avoir donné malgré elle quelques mois au découragement lorsqu'elle s'était vu abandonnée par son mari, d'ouvrière, elle s'était faite patronne, du jour au lendemain, osant entreprendre sans argent, sans recommandations, se faire une clientèle en dépit des difficultés que devait lui créer son jeune âge.

Déjà les pièces d'or, économisées une à une, faisaient une somme respectable, dans le petit coffret qu'elle cachait sous le linge, au fond d'un tiroir de sa commode. Et tout à coup, comme pour lui faire regretter sa soumission, sa faiblesse, elle voyait Philippe puiser joyeusement et sans scrupules à même le coffret, en attendant le jour où, ne trouvant plus d'argent à prendre, il vendrait les meubles, bien sûr, la mettrait sur la paille !

Et, en se glissant dans les draps du lit qu'elle avait improvisé par terre, elle se demanda si, pour obtenir de Philippe les concessions qu'elle voulait exiger de lui, il ne faudrait pas bientôt qu'elle se résignât à redevenir entièrement son épouse, à partager avec lui le lit conjugal.

Alors, son regard s'arrêta sur ce grand lit, qui avait été son lit de noces, et qui, bientôt, peut-être tout à l'heure, serait le lit de la réconciliation. Elle ne put réprimer un frisson de dégoût. Elle eut beau faire appel à ses souvenirs, aux impressions de son premier amour ; elle eut beau raisonner, invoquer le devoir : un répugnance invincible lui montrait Philippe aux bras de la femme avec laquelle il avait fui...

Le bruit d'un pas dans l'antichambre, puis dans la pièce voisine, se fit entendre.

Philippe rentrait.

Le Marseillais posa son chapeau sur une chaise, mit ses pantoufles ; et, croyant que la jeune femme dormait, il fit silencieusement le tour de la chambre, sans se presser, en heureux maître du logis. Il souleva en passant la mousseline qui cachait l'enfant endormi, puis rebaissa le rideau d'un air distrait.

Il était tout faraud dans ses habits neufs, un « complet » acheté sur les économies de la couturière.

Il s'allongea, en poussant un soupir d'aise, sur le fauteuil bas, son siège de prédilection depuis qu'il avait recouvré « sa petite famille ». Il croisa ses jambes nerveuses que moulait son pantalon collant. Puis, comme à son appel Angèle n'avait pas bougé, il l'interpella, d'un ton gouailleur :

— Madame veut-elle m'accorder la faveur d'un entretien ?

Il avait souligné le mot . faveur.

Angèle fit un mouvement, pour indiquer qu'elle ne dormait pas.

Alors, il reprit :

— On sait vivre, comme les « zensses » du grand monde !...

Il aiguisa du bout des doigts les pointes de ses moustaches, lissa, avec la paume de la main, ses cheveux noirs, coupés courts et cosmétiqués.

Puis, d'un ton sérieux :

— Nous allons causer affaires, Angèle, es-tu disposée à m'entendre ?

Alors Philippe annonça qu'il allait commencer, le lendemain même, une grande tournée aux environs de Paris, comme courtier en bijouterie, pour le compte de Radigot.

Il y avait plusieurs jours qu'il mijotait cela. L'oncle s'était fait tirer un peu l'oreille, l'entêté ! Comme s'il n'y avait pas de l'or à gagner... Oui, oui, de l'or ! Eh ! « boun Diou ! » est-ce qu'on n'était pas de Marseille ? On avait de la « platine », et pour quatre, encore ! En plus de cela, ancien sous-officier, de la tournure, du maintien... Tout ce qu'il fallait pour être accueilli partout à bras ouverts, « troun de Diou ! » pour faire des affaires mirobolantes avec les riches bourgeois et surtout les bourgeoises des villas, et même avec les gros bonnets qui habitent les châteaux ! Rien ne l'intimidait, rien ne l' « épatait ».

Avec la faconde et l'énorme confiance en lui-même qui avaient triomphé des hésitations de l'oncle, il se mit à chiffrer d'avance les bénéfices qu'il allait en peu de temps réaliser. Il s'abandonnait à son imagination méridionale, voyant tout gigantesque, à son avidité de paresseux rêvant une fortune gagnée en s'amusant. Et dans un verbeux discours où éclataient, au milieu d'un tintement d'or remué à poignées, de joyeux « troun de l'air » ! il s'esclaffait, s'exaltait, se voyant déjà l'associé de Radigot, puis, au bout d'une année ou deux, peut-être moins, millionnaire !

Angèle le laissait parler. Un instant, elle avait été sur le point de l'interrompre, pour lui dire ce qu'elle pensait de cette fortune rapide, qui se manifesterait avant peu par un déficit de quelques milliers de francs dans la caisse de M. Radigot.

— Je souhaite que ça réussisse, dit-elle en évitant un tour de phrase où elle eût été obligée de dire : « vous » à Philippe, comme elle le lui disait depuis son retour.

— Je le crois bien, que cela réussira ! s'écria-t-il, surexcité par son enthousiasme.

Et se mettant à arpenter la chambre, il ajouta :

— Mais, il me faut de l'or, de l'or !

Puis, s'arrêtant :

— A propos ? il te reste trois cents francs, n'est-ce pas ?

— Oui, dit Angèle, en se dressant sur un coude, prête à défendre le reste de ses économies.

— Je vais les prendre, dit Philippe, ouvrant le tiroir de la commode.

Angèle, d'un bond, s'était relevée. Et, sans songer qu'elle était demi-nue, ravissante, elle étendit ses bras potelés et blancs vers le coffret, pour le saisir.

— Voyons, dit-elle la gorge serrée, ne se sentant pas la force de lutter jusqu'à un scandale, voyons, quand on va gagner tant d'argent, on n'a pas besoin...

— Mais, si l'on me paye en billets de banque, à ma première affaire, observa tranquillement le Marseillais, en empochant les dernières pièces d'or, ne faut-il pas que j'aie de quoi rendre la monnaie ?

Il parlait très sérieusement, avec son inconscience de vaurien que n'incommodait aucun scrupule.

— Il faut avoir le gousset garni, ajouta-t-il, en faisant sonner sa bourse dans sa poche, par de petites tapes orgueilleuses. Il faut avoir l'air d' « être au sac », si l'on veut inspirer confiance.

Et, quand il remarqua enfin le visage bouleversé d'Angèle, il partit d'un bruyant éclat de rire. Puis, donnant, par l'intonation et par le geste, une odieuse signification à ses paroles, il insinua :

— Eh ! mais, tu en gagneras d'autre, pardi ! Moi, je ne me préoccupe pas de cela ; je ne suis pas jaloux !

Angèle chancela sous l'insulte.

— Infâme ! dit-elle d'une voix sifflante, que l'indignation éteignait.

Et toute grelottante d'une douloureuse émotion, elle se laissa tomber sur son lit, s'enveloppa dans la couverture. Puis, cachant sa jolie tête blonde, elle pleura silencieusement.

Mais Philippe avait été frappé d'un éblouissement à la vue de ce beau corps frémissant sous la blancheur flottante de la chemise, de ces épaules qui mettaient, à travers les torsades d'or des cheveux épars leur pureté de lignes. Maintenant, qu'il avait « parlé affaires », réglé ses comptes en vidant le coffret, il se sentait redevenir accessible aux charmes féminins. Il fut subitement grisé par l'irritant déshabillé d'Angèle ; et, en dépit de l'indifférence qu'il se plaisait à affecter d'ordinaire, lui qui refusait vingt femmes tous les jours, il résolut de revendiquer ses droits de mari.

— Dis-moi donc, eh ! ma petite « Anzèle », zézaya-t-il, se faisant très doux, « t'aurais-ze » dit quelque mot blessant ?

Avec une candeur naturelle, et suivant sa morale, à lui, il expliqua toute sa pensée. Et, la preuve qu'il ne se formalisait pas de si peu, c'est qu'il voulait, pour cette dernière nuit, avant son départ...

Il s'approcha d'Angèle. Mais elle se releva, courut à la fenêtre ; et, la main sur l'espagnolette, elle dit par phrases courtes et saccadées :

— Je vous préviens que, maintenant, je ne reculerai devant aucun scandale. Les paroles me manquent pour vous dire mon mépris et mon dégoût. J'aimerais mieux mourir !... Si vous faites un pas, j'ouvre et j'appelle. Et quand j'aurai commencé à parler...

Angèle, l'œil sec, le visage dur, parlait d'un ton menaçant et résolu.

Cependant, Philippe s'avançait. Mais il s'arrêta quand il vit la fenêtre ouverte toute grande.

Alors, tranquillement, il se rechaussa, prit son chapeau et regagna la porte en disant :

— C'était un sacrifice au devoir, voilà tout ! Mais, puisque c'est comme ça, eh « bien » !... Il n'en manque pas, à cette heure, des « zolies » particulières qui ne demandent pas mieux...

Et saluant avec une obséquiosité railleuse, il s'éloigna en sifflotant.

Quand elle entendit, en bas, dans le silence de la rue, la porte de l'allée claquer derrière Philippe, Angèle referma la fenêtre, toute heureuse d'être seule.

Puis, frissonnante de malaise, les épaules glacées par le froid de la nuit, elle éteignit la lampe et se recoucha.

Cette nuit-là, elle ne dormit point.

IV

Autour de la table couverte de patrons en papier, d'étoffes taillées et faufilées, cinq femmes étaient occupées à des travaux de couture. Elles jasaient, riaient, entrecoupant de couplets en vogue leur caquetage insignifiant, passant du fait-divers épouvantable, lu le matin, aux médisances croustillantes, aux histoires salées, sans interrompre, sans même ralentir le va-et-vient saccadé et prompt de l'aiguille et du fil, dont le petit bruit sec et répété ponctuait les frou-frous hâtés du satin et de la faille dans leurs doigts agiles.

Il était trois heures de l'après-midi.

L'atelier était propre et bien tenu, meublé seulement d'un canapé bas et de deux chaises tapissées en damas bleu réservées aux clientes, ainsi que d'une armoire à glace, enlevée à la chambre à coucher pour la commodité des essayages. Une robe de soirée, dont la richesse de l'étoffe, la science de la coupe et la complication artistique des garnitures indiquaient une belle clientèle, dressait, en attendant la livraison, son élégance inanimée et raide sur le mannequin en fils de fer aux formes arrondies. La machine à coudre était rangée dans un coin. Quelques gravures de mode ornaient les murs. Dans une cage, des serins, tout heureux de la caresse des pâles rayons d'un soleil de la Saint-Martin, sautillaient avec des frétillements de leurs ailes jaunes, mêlant au caquetage étourdi des femmes l'insignifiance de leur chant banal.

Depuis quelques instants, l'une des ouvrières, une blonde prétentieuse, frisant la Sainte-Catherine, s'égosillait à broder, d'une voix de tête suraiguë et fausse, une variation pleine de roulades dont elle enjolivait « les Djins », du « Premier Jour de bonheur ».

Elle avait la manie des grands airs, qu'elle tenait des cantatrices poussives des petits cafés-chantants, mais qu'elle prétendait toujours avoir appris à l'Opéra-Comique ainsi qu'au Grand-Opéra, où elle n'avait jamais mis les pieds.

— Eh bien, moi, interrompit une brune aux traits réguliers et communs, à l'œil effronté, si le nouveau voisin d'en face, ce joli blond un peu pâle, qui a l'air si triste, me chantait ça, je sais bien ce que je lui répondrais.

— Oh ! pardi, des choses inconvenantes, on le devine ! répliqua d'un air pincé la chanteuse, contrariée. Les choses délicates et sentimentales, les belles choses ne la touchent pas.

— Ah ! ah ! ! ah ! Elle est amusante, cette Mélanie, avec ses délicatesses sentimentales, dit Adeline en éclatant d'un rire moqueur. Moi, je n'aime pas à y aller par trente-six chemins, je dis ce que je pense.

— Quelle horreur ! exclama la blonde, avec une expression de dégoût.

— Voyons, il ne faut pas nous la faire tant que ça à la vertu, dit la brune, un peu vivement. Dites-nous donc pourquoi, depuis huit jours qu'il est emménagé, vous roulez continuellement de ce côté-là des yeux de carpe amoureuse.

— Oh ! qu'elle est grossière ! dit Mélanie, rouge de dépit.

— Et avec ça que ce n'est pas à lui que nous devons d'entendre les meilleurs morceaux de votre répertoire, continua Adeline.

Mélanie ne sut que répondre. Adeline poursuivit :

— Voyez-vous, ma petite, faut pas comme ça vous mettre le doigt dans l'œil ; vous y laisseriez votre dé à coudre ! Vous croyez le conquérir avec des fioritures de gosier ? Mais, s'il avait envie, par hasard, d'une élève du Conservatoire, est-ce que vous croyez que c'est ici qu'il viendrait la chercher ?

— Vous auriez bien tort de vous le disputer, car vous ne l'aurez ni l'une ni l'autre, dit une grande rousse, au regard mauvais, qui, en sa qualité de dernière arrivée, devait, l'ouvrage ayant baissé, quitter la maison le lendemain.

— Pourquoi ? interrogèrent toutes les femmes ensemble.

— Pourquoi ? Parce que, s'il regarde toujours ici, ce n'est pour aucune de nous. Je n'ai pas mes yeux dans ma poche, moi. J'ai très bien remarqué qu'il en tient pour...

Et, comme elle n'avait aucuns ménagements à garder, puisqu'elle s'en allait, elle acheva carrément :

— Pour madame Brousse, notre chère patronne.

— En effet, dit presque tout bas d'une des ouvrières qui n'avait pas encore pris la parole, — une femme mariée, édentée et maigre, que la peur de perdre son travail rendait prudente dans les bavardages ; en effet, j'ai observé qu'il changeait de figure, comme quelqu'un qui reçoit un coup en pleine poitrine, quand madame apparaissait.

— Et que quand madame ne se montrait pas, il faisait une drôle de tête, ajouta la dernière, toute jeune, encore apprentie, très fière de tenir rang de femme dans les cancans.

Alors, la grand rousse, enhardie, insinua :

— Une preuve qui nous crève les yeux : Elle est sortie depuis deux heures, n'est-ce pas ? Eh bien, avez-vous vu le bondin se montrer à sa fenêtre, depuis ce temps-là ?

Excepté Mélanie, toutes maintenant prétendaient avoir fait ces remarques. Et c'était à qui montrerait le plus de perspicacité, trouverait le fin mot de l'histoire, mettrait enfin le doigt sur le scandale. Mais il y avait, dans ce débordement de médisance, beaucoup plus de curiosité que d'intention malveillante. Seule, la grande rousse, furieuse de s'en aller, laissait percer une méchanceté réelle.

— Et ce n'est pas le hasard qui l'a amené dans ce logement, dit-elle ; il a bel et bien donné cinq cents francs au locataire qui l'occupait, pour l'en faire partir. J'ai appris ça ce matin chez la crémière, comme j'y prenais mon chocolat.

— Mazette ! remarqua la brune, il faut qu'il ait le sac !

— Maintenant que le mari s'est fait courtier en bijouterie, continua la rousse, vous allez voir tous les jours madame se donner de l'air avec le petit blond.

Mais en parlant du mari, les ouvrières s'attendrirent sur le sort de leur patronne. Toute leur antipathie était pour Philippe Brousse, ce brun, poseur, qui paraissait croire que toutes les femmes raffolaient de lui, malgré ses airs de mépris pour elles, et les propos grossiers qu'il laissait à chaque instant échapper contre leur sexe. En quinze jours, elles l'avaient jugé ; c'était un monsieur à qui il fallait de l'argent, gagné de n'importe quelle façon, mais gagné vite. Elles avaient bien compris cela tout de suite, à quelques mots saisis à travers la cloison, pendant une scène qui avait eu lieu dans la chambre à coucher, d'où elles avaient entendu, mêlés aux éclats de voix de son mari, les sanglots étouffés d'Angèle.

— Elle aurait bien tort de se gêner, avec un pareil sire !

— Le seul tort qu'elle ait eu, c'est de s'être remise avec lui.

— Tiens ! vous êtes bonne ! s'ils sont réellement mariés ?

— Seulement, tout ça tournera mal, vous verrez.

— Oh ! qui sait ? Le jeune blond est riche ; pour faire les folies qu'il fait... C'est assez pour que le mari ne s'inquiète pas du reste, dit encore la grande rousse. Et c'est bien sûr pour ça qu'il a annoncé que sa tournée pour la vente des bijoux, autour de Paris, le tiendrait huit jours sans rentrer.

— Pourvu que ce ne soit pas un piège, afin de les surprendre en revenant tout d'un coup, risqua la femme mariée, les traits bouleversés d'épouvante.

— Voilà une réflexion qui me rassure pour vous, si votre mari est sujet aux accès de jalousie, s'écria Adeline, vous êtes prudente !

— Mon mari n'a aucune raison de s'inquiéter, vous saurez cela, mademoiselle.

— Oh ! vous n'êtes pas à confesse !

— Non, mademoiselle ! Je ne fais pas la noce, moi ! Je suis fidèle à mon mari, dit aigrement la femme mariée, à qui la colère, retroussant sa lèvre, pâle et mince, faisait montrer une denture crénelée.

Cependant, Mélanie, qui jusque-là, était restée silencieuse, voulut défendre la patronne. Elle ne pouvait croire que le jeune homme fût son amant. Elle hasarda quelques paroles de doute.

— Parce qu'il est sorti, aujourd'hui, en même temps qu'elle, tout de suite vous bâtissez des histoires ! dit-elle d'un ton de reproche. Cela ne prouve rien.

— Vous avez raison, s'écria Adeline moqueuse, il ne faut pas croire comme ça au mal.

Puis la conversation retomba sur le mari d'Angèle.

L'ouvrière aux cheveux roux, toujours poussée par le même sentiment, reprit :

— Il faut que l'oncle Radigot, en tous cas, ait des bijoux de reste, pour les confier à un courtier de cette espèce. S'il en voit jamais un sou, je veux bien que le loup me croque !

— Oh ! oh ! Vous allez peut-être un peu loin, objecta la femme mariée, qui n'était pas pour les hardiesses cancanières.

— Vous voulez donc lui porter malheur, au patron ? dit l'apprentie que la langue démangeait depuis longtemps.

— Comment ça ?

— Mais, dame ! S'il allait lui arriver la même chose qu'à ce commis-voyageur en diamants... vous savez bien, dans le journal, il y a huit jours...

Les cinq femmes eurent de petits frissons d'effroi, en se rappelant ce fait-divers, déjà oublié, d'un courtier en bijoux, attiré dans un guet-apens, assassiné, puis dévalisé.

Le jour baissait. Bientôt, le cœur serré, elles se turent. L'air, que ne chauffait plus le soleil depuis longtemps retiré, était devenu frais, de cette fraîcheur d'automne où les journées, déjà courtes, ne dérobent aux longues nuits de l'hiver proche que les quelques heures du midi.

L'apprentie s'était levée ; elle rentra la cage, ferma les fenêtres, pendant que les ouvrières qui, en attendant que la lampe fût allumée, avaient tiré de leurs paniers, le goûter de cinq heures, mangeaient en silence.

— Il est là ! il est là ! cria tout à coup la fillette de sa voix d'enfant précoce.

Les quatre femmes vinrent se grouper autour d'elles.

Elles furent frappées de l'état de surexcitation du jeune homme.

— Mélanie a raison, dit Adeline, il n'y a pas eu rendez-vous ; ou bien, en tous cas, le joli garçon en a été pour son pied de grue. Voyez-le, il se ronge les sangs.

Elles le voyaient en effet aller et venir à pas saccadés, s'arrêter un instant à sa croisée ouverte, plonger un regard d'impatience dans la rue, puis reprendre sa marche agitée, en passant fréquemment une main sur son front. Il alluma une bougie, consulta sa montre, eut un geste de découragement. Et il se remit à la fenêtre, où il resta pensif quelques minutes.

Aimé n'avait pu résister à une force invincible, qui l'avait poussé à suivre les époux mal réconciliés. Il avait résolu de loger le plus près possible d'Angèle. Il lui semblait que sa présence, quoique muette, serait une protection ; il s'était dit que peut-être un jour, Angèle, martyrisée par le misérable qui la violentait, implorerait son secours... Alors, il serait là, prêt à donner sa vie ! Et depuis quinze jours, il habitait un logement dont les fenêtres, plongeant dans l'atelier de couture, lui permettaient d'épier, sur le visage pâle et creusé de celle qu'il aimait, le regret d'une faiblesse coupable, le mettaient à même de surveiller ses moindres mouvements, de souffrir avec elle de sa souffrance, dans l'égoïsme de sa folle passion, dans l'espoir mal défini qu'une catastrophe la lui rendrait un jour.

L'apprentie eut bien vite trouvé la lampe. Elle finissait de l'allumer quand Angèle entra.

Les quatre femmes s'étaient rassises à la table de travail, baissant le nez sur leur ouvrage repris à la hâte, dans une crainte de reproches mérités.

Mais elles furent bien étonnées en voyant que leur patronne, sans un mot, passait dans la chambre à coucher, le visage triste, son enfant dans les bras.

— Vous voyez bien qu'ils rentrent ensemble, insinua à voix basse la grande rousse.

Puis, un silence se fit, pendant lequel on n'entendit plus que le bruit régulier du fil crevant l'étoffe entre les doigts prestes des cinq femmes. La veillée s'acheva ainsi, sans conversations, avec quelques mots échangés seulement entre la patronne, un instant distraite de sa mélancolie par les exigences du travail, et les ouvrières, moins bavardes que d'habitude.

Quand huit heures sonnèrent, la journée finie, les ouvrières et l'apprentie, une à une, partirent.

Angèle était seule.

Elle avait couché le petit, un peu souffrant depuis la veille. Pendant quelques minutes, elle resta dans l'atelier, debout près de la fenêtre, le visage collé aux vitres, à travers le rideau de mousseline. Elle avait les yeux fixés sur la fenêtre d'Aimé. Pour utiliser l'espace de temps qu'elle devait laisser écouler entre le départ des femmes et l'arrivée du jeune homme, qui, en face, attendait le signal, elle songea à inspecter le travail fait pendant son absence. Elle n'en eut pas le courage. Elle n'avait la tête à rien.

Son cœur était trop agité d'inquiétudes, son esprit trop tourmenté de pensées contraires.

Elle songeait que son oncle l'avait poussée dans une voie qui menaçait pour elle d'aboutir à la chute de l'adultère, à une catastrophe peut-être ! dont la honte serait léguée à son enfant, qu'elle avait rêvé, pourtant, d'élever sans avoir jamais la crainte de rougir devant lui.

De son rapprochement avec son mari, elle ne tirait aucun avantage moral vis-à-vis du monde, qui jasait, aucun profit matériel, pour son enfant, qui n'avait pas, quoi qu'en eût dit l'horloger, « retrouvé un père », car le résultat le plus immédiat, en attendant ce que cachait l'avenir, avait été le gaspillage des petites économies faites depuis deux ans. Et loin de l'avoir délivrée d'Aimé, cette réconciliation, au contraire, attisant la jalousie du jeune amoureux, dont l'obstination à se rapprocher d'elle donnait tout à craindre, l'avait placée entre la douloureuse nécessité de le congédier durement, et la terreur d'un éclat qui, un jour ou l'autre, compromettrait sa réputation de femme.

Et pourtant, elle l'aimait ; elle ne l'aimait que parce qu'il était le contraire de Philippe !

Emportée par une frénésie sensuelle, Angèle, d'une main tremblante d'impatience, tira sur la fenêtre, à travers laquelle la lumière de la lampe, adoucie, se projetait au dehors, l'un des grands rideaux de percaline à fleurs, qui, l'été, servait à garantir l'atelier des ardeurs du soleil.

C'était le signal convenu avec Aimé.

— Aimé ! Aimé ! murmura-t-elle dans un frisson de tout son être.

Maintenant, elle songeait à plaire. Débarrassée du manteau inélégant et de la capeline qui la vieillissaient, elle faisait onduler son jeune corps dans la molle simplicité d'un peignoir mauve qu'elle avait mis en rentrant, et qui augmentait la souplesse serpentine de sa taille et de ses hanches.

Par coquetterie, elle baissa l'abat-jour, tourna le bouton de la lampe pour en diminuer la flamme.

Ce fut dans une demi-obscurité qu'elle reçut Aimé.

— Vous n'êtes pas sage, Aimé ; vraiment, vous n'êtes pas sage de me forcer ainsi à vous recevoir...

Elle lui prit les mains et les lui serra pour se faire pardonner ce reproche, sous lequel elle avait espéré cacher l'état de ses sens.

Le jeune homme se laissait faire, sans un mot, incapable d'articuler une syllabe, tant son cœur battait.

— Voyons, mon ami, reprit-elle toute frémissante, vous ne m'aimez donc pas, que vous vous obstinez...

Alors, emporté tout à coup par une fureur, Aimé éclata :

— Je ne vous aime pas ! Mais vous n'avez donc pas compris, en me voyant ainsi vous suivre partout, que, maintenant, malgré la douleur dont j'ai cru mourir, l'autre jour, en apprenant que vous n'étiez pas libre, puis, en vous voyant quelques instants après, partir, réconciliée avec celui que vous disiez haïr et mépriser, vous n'avez donc pas compris qu'il faut que je vous aie bien à moi, m'appartenant tout entière ou bien...

— C'est impossible, Aimé. Voyons, est-ce qu'avec mon enfant...

— J'en serai le père.

— Il nous le prendra !

— Lui !...

Aimé eut un geste de défi et de menace, d'abord. Puis, il comprit l'enfantillage de sa révolte.

— Nous fuirons loin, bien loin. Nous vivrons sous un faux nom, et il ne nous trouvera jamais...

L'imagination subitement exaltée, il fit alors, d'une voix que son ravissement rendait entraînante, le tableau du bonheur qu'il rêvait.

A son tour, tout en parlant, il prit les mains d'Angèle.

La jeune femme, tout à l'heure rendue à la réalité en songeant à son enfant, était reprise maintenant d'une volupté charnelle, au contact fiévreux d'Aimé. Et comme il l'étreignait, la pressant de répondre, elle se laissa tomber sur le canapé et le forçant de tomber avec elle ; puis, l'enlaçant de ses deux bras, elle murmura dans un embrassement que la passion décuplait :

— Aimé ! mon Aimé, je suis à toi !

Elle couvrait de ses lèvres égarées les cheveux bouclés du jeune homme, y enfonçant ses doigts avec une frénésie de possession, répétant à plusieurs reprises, dans un entrecoupement de baisers :

— Et toi aussi, tu m'appartiens ! N'est-ce pas ? Tu m'appartiens !

Puis elle ferma les yeux, par un reste de pudeur, en s'abandonnant.

Pendant quelques instants, Aimé baisant les paupières closes, la bouche pâmée d'Angèle la tint étroitement serrée, l'enveloppant de maladroites caresses dans lesquelles, vainement, il chercha la mystérieuse volupté qui l'attirait : et succombant sous la brutalité de ses désirs, dont l'impatience ignorante irritait d'obstacles qu'elle ne savait vaincre, il trompa ses sens dans l'égoïsme involontaire d'une stérile étreinte.

Angèle, qu'une déception de la chair rendait presque maussade, se dégagea des bras alanguis du novice amoureux. Elle se leva.

D'un mouvement machinal, elle se dirigea vers la table de couture, haussa la lumière de la lampe, releva l'abat-jour ; puis, elle se mit à inspecter le travail de ses ouvrières, très attentivement, reprise tout à coup d'un grand désir de vie honnête, d'abnégation.

Oui, elle serait toute à son enfance. Pour le cher petit être, elle accepterait tout : une vie sans amour, des journées de labeur peut-être annihilées par les débauches de Philippe, mais au moins ré-compensées par le plaisir du devoir accompli, par la pensée que, plus tard, son fils, à l'âge d'homme, pourrait fouiller dans ses sou-venirs et ne trouverait dans la vie de sa mère aucun sujet de rou-gir d'elle. Car, elle se serait arrêtée à temps. Grâce à l'innocence d'Aimé, elle restait coupable seulement de désir. Et elle n'éprouvait

Si vous faites un pas, j'ouvre et j'appelle.

plus de dépit contre lui, maintenant que la raison lui revenait ; au contraire, elle était tout heureuse qu'il eût été aussi naïf. Elle ressen-tait, en évoquant la scène où elle s'était offerte, comme la joie de se retrouver vivante après avoir tenté de mourir.

Elle promena autour d'elle un regard plein de la satisfaction de se sentir digne encore de continuer, entre ces quatre murs qu'elle pouvait prendre à témoin de son honnêteté jusque-là, sa tâche de bonne mère, capable d'imposer silence à ses rancunes d'épouse.

Pour commencer, elle allait d'abord congédier Aimé.

Le jeune homme, à son tour, s'était levé. Il souriait en la suivant des yeux, croyant simplement à un regret de la jeune femme pour ses intérêts matériels, au moment de fuir avec lui, de tout abandonner. Puis, craignant un revirement, il résolut d'en finir vite.

— Eh bien ! Angèle ? J'attends... dit-il, en affectant, pour plaisanter, un petit air d'autorité et d'impatience.

Et songeant à l'enfant qu'il se promettait d'aimer comme le sien propre :

— Où est notre enfant ? Où est-il, ce cher petit ange ? C'est moi qui le porte, n'est-ce pas, jusqu'à la voiture.

— Voyons, monsieur Aimé, dit Angèle d'un ton résolu, si vous m'aimez vraiment, laissez-moi ! Je ne peux pas, je ne veux pas partir. Et il ne suffit pas de vous le demander pour moi, je vous le demande pour cet enfant, dont la faiblesse vous touchera bien sûr : laissez-moi, partez seul, oubliez-moi, ne cherchez plus à me voir ! Vous me tuez !

Tremblant d'une colère jalouse, il s'écria :

— Parbleu ! je savais bien que vous l'aimiez, votre... mari !

La jeune femme, à ces paroles, chancela comme sous la brutalité d'un coup en plein visage.

Aimer son mari ! c'est-à-dire aimer celui qui l'avait dédaigneusement abandonnée pendant deux ans, la laissant mère ; qui avait poussé l'indifférence jusqu'à ignorer même si son enfant vivait, si sa femme pour remplir ses devoirs maternels, n'avait pas foulé aux pieds sa dignité d'épouse ; qui, enfin, dénué de ressources, l'avait reprise et, sans scrupule, avait fait main basse sur le peu d'argent qu'elle n'avait économisé qu'à force de travail ! Autant valait lui dire qu'elle était, moralement, au niveau de ces femmes ignobles, desquelles elle avait entendu parler, dont l'attachement pour leurs mâles est proportionné aux mauvais traitements qu'elles en reçoivent, au mépris d'elles-mêmes où elles se sentent tombées !

— Et si vous ne l'aimiez pas, reprit Aimé, est-ce que, depuis longtemps, vous n'auriez pas demandé aux tribunaux votre séparation ?

— La séparation ! dit-elle d'une voix tristement ironique, j'y ai songé, allez ! Mais, d'abord, comme je vous l'ai dit, je voulais attendre, espérant toujours le voir revenir, pour son enfant ! Puis, peu à peu, j'en arrivai à me croire oubliée pour toujours, assurée de vivre tranquille, sans jamais entendre parler de lui...

Subitement calmé, Aimé s'approcha d'elle, câlin, suppliant, lui prit une main dans les siennes, et dit :

— Mais, ce que vous avez négligé alors, vous le pourriez à présent, Angèle. Si vous vouliez, vous ne tarderiez pas à retrouver un prétexte...

— Ce n'est pas par négligence, c'est sciemment, après m'être renseignée, que j'ai abandonné l'idée d'une séparation judiciaire, dit Angèle, en se dégageant d'un mouvement un peu brusque, légitimé par l'agitation soudaine qui s'emparait d'elle.

Et, s'animant tout à coup :

— Ah ! il faut subir ce que j'ai subi, pour bien comprendre la misère de nos lois, quand il s'agit de protéger la femme. La séparation ? Je l'ai étudiée, j'en ai pesé toutes les insuffisances, je la connais à fond.

Une seconde, elle s'interrompit, hésitant à poursuivre.

Aimé, près de la table où il restait, n'osant la poursuivre, écoutait, vaguement intimidé par la supériorité de cette jeune femme sur lui, par l'allure grave qu'elle avait prise sans cesser d'être jolie, et qui la transformait, donnait tout à coup à son visage mutin de petite Parisienne, un grand air plein de noblesse.

— La séparation ! reprit-elle avec un sourire plein d'amertume, c'est l'autorisation pour l'homme — qui n'avait le droit d'entretenir une maîtresse que hors de chez lui — de l'y installer enfin à la place de la femme dont il se sépare ! Voilà tout ! Ah ! je comprends que les hommes la demandent ! Mais une femme ? Pourquoi faire ? Pour s'exposer à ce que les juges, à qui le silence du Code laisse toute latitude, à qui leur devoir, selon eux, prescrit de l'autoriser le plus rarement possible, la lui refusent, lui disent de patienter, d'attendre qu'il

y ait eu au moins de la part du mari, « excès », « sévices » ou
« injures graves » bien déterminées. Mais, voyez-vous, quelles que
soient les lois, une mère, vraiment digne de ce nom, si elle est malheureuse en mariage, n'a pas le choix : elle doit souffrir et se taire !
Et cette fidélité que je veux garder à un mari indigne, que depuis
longtemps je n'aime plus, je la considère comme un devoir sacré,
parce qu'elle devient la fidélité d'une mère à l'innocent qui a besoin d'elle !

Angèle était devenue superbe ! La joie de sentir son cœur de mère
triompher de ses sens de femme, étouffer même un amour plus pur
qui tout bas la faisait tressaillir, avait répandu sur son visage une
virilité féminine, un rayonnement de vertu.

D'une voix tremblante et joignant les mains, elle supplia :

— Partez ! Oh ! je vous en prie, partez.

— Angèle ! Angèle ! s'écria Aimé que le silence de la jeune femme
rendait à l'entêtement de son amour, Angèle, ce n'est pas possible ! Vous ne pouvez, toute votre vie, rester...

— Il le faut, dit-elle. J'appartiens à Philippe pour toujours. Le
mariage, pour moi, est une chaîne dont je ne serai délivrée que
quand je serai morte...

Courant ouvrir toute grande la porte de la chambre à coucher, de
son bras étendu, sans qu'Aimé osât s'approcher d'elle, elle lui montra, dans son berceau, l'enfant qui dormait :

— Et voici pour moi une chaîne plus forte encore que le mariage !

Le jeune homme n'écoutait plus ; il songeait : la mort brisait le
mariage. Il imaginait un accident imprévu amenant la mort de Philippe, une fièvre pernicieuse l'emportant tout à coup.

Soudain, il articula :

— Et si vous deveniez veuve ?

Ces cinq mots prononcés en ce moment, après ce qu'elle venait
de dire et sur un ton où Aimé laissait deviner la férocité d'un vœu
intérieur, firent tressaillir Angèle.

— Oh ! oh ! fit-elle d'une voix à peine perceptible. Oh ! c'est horrible ! horrible ! murmura-t-elle. Non ! non ! je ne veux pas penser à
cela !

Elle fit un effort de volonté et dit à Aimé, en essayant de se tromper
elle là première :

— Il m'a fait bien du mal, il m'en fera sans doute beaucoup encore ; mais c'est le père de mon enfant...

Aimé, à son tour, avait pris horreur de lui-même.

Oui, il ne pouvait s'en défendre, il souhaitait la mort de Philippe.
N'était-ce point un pas vers le crime !

Il eut un frisson.

— Pardon ! pardon ! je ne sais plus ce que je dis ! Ma tête s'égare,
je suis fou ! pardon !

— Eh bien, dit Angèle vivement, vous le voyez, nous ne pouvons
nous aimer ; notre amour serait sans espérance, puisque pour nous
l'espérance est un crime.

Elle s'approcha de lui, lui prit une main, qu'elle trouva glacée.
Puis, avec un tremblement dans la voix qui faisait deviner des larmes prêtes à couler, elle ajouta :

— N'est-ce pas, vous ne chercherez plus à me voir, vous m'ou-
blierez ?

— Non, Angèle, je ne vous oublierai jamais, dit le jeune homme
avec tristesse. Mais je ne chercherai plus à vous voir, je vous le
promets.

Alors, elle le baisa au front, et surmontant son accablement, elle
le conduisit jusqu'au palier.

— Adieu, Aimé, dit-elle tout bas, comme il descendait en titu-
bant la première marche, Adieu et courage ! Moi non plus, allez, je
ne vous oublierai pas !

Et très vite, car elle craignait de le rappeler, elle referma la porte
et vint tomber sur le canapé.

— Mon Dieu ! mon Dieu ! dit-elle à haute voix, avec un accent terrifié, en se voilant les yeux de ses deux mains.

Sa propre voix, dans l'état où elle se trouvait, l'effraya. Elle retrouva la force de se lever. La porte de la chambre à coucher restée ouverte lui rappela qu'elle n'était pas seule. Elle s'approcha du berceau. L'enfant dormait. Elle le baisa doucement.

Puis, l'amour l'emportant sur le raisonnement, elle se jeta sur son lit, où elle enfonça son visage ruisselant de larmes.

V

Le lendemain matin, après une nuit d'insomnie, Aimé se leva.

Oui, cette fois, il était résolu ; il tiendrait sa promesse, disparaîtrait. Il irait... il n'aurait su le dire ! Eh ! qu'importait donc ? Il irait droit devant lui, au hasard des premiers pas ; pourvu qu'il s'éloignât, qu'il mît entre Angèle et lui une distance telle, qu'une rencontre fortuite ne vînt pas un jour briser son courage. Il allait partir !

Dans sa tête en feu, les idées se succédaient incohérentes, désordonnées, tournant toujours autour de cette idée dominante : partir !

Il se trempa le visage dans l'eau à plusieurs reprises. Et, par la force de l'habitude, sans y songer, il fit un peu de toilette, comme à l'ordinaire, changea de linge, brossa ses habits.

Quand il fut prêt, le cerveau un peu calmé, il songea à vendre les meubles encore tout neufs dont il avait garni cette chambre, puis à signifier congé.

Mais il n'eut la force de rien de tout cela. Il ne voulait ni rester un instant de plus si près d'Angèle, ni parler à qui que ce fût. Il voulait être seul, et marcher, marcher pour éteindre dans la fatigue du corps le feu qui brûlait sous son crâne.

Pourtant, au moment de sortir, il ne put résister à une tentation. Il revint vers la fenêtre, l'ouvrit. Pendant quelques minutes, qui ne lui semblèrent pas durer plus qu'une seconde, il contempla les fenêtres d'Angèle. Elles étaient fermées. Pas un rideau ne tressaillit. Il épia un instant encore leurs plis immobiles, espérant toujours. Puis il s'arracha de cette fenêtre les yeux pleins de larmes. Et, par un enfantillage de sa passion, il envoya de la main à Angèle, comme si elle eût pu le voir, un long baiser.

Bientôt il fut dans la rue.

Un bon soleil d'automne éclairait de sa pâle lueur le faîte des maisons, atténuait la fraîcheur matinale. Le ciel, très pur, d'un bleu intense, avait la profondeur calme des jours d'été. Aimé, avide d'air pour apaiser sa fièvre, de mouvement pour secouer l'obsession de ses pensées noires, marchait rapidement, comme s'il se fût dirigé vers un rendez-vous.

Il atteignit ainsi la Seine.

Le courant vif d'air humide qu'il traversa lui sembla délicieux ; il fit une halte, s'accoudant au parapet du pont. Et il resta quelques instants à regarder stupidement l'eau couler. Alors, l'idée du suicide, entrée dans son esprit, ne fit qu'augmenter, comme un flot de marée qui ne se retire que pour déferler de nouveau.

Dans la claire matinée, les travailleurs, affluant des faubourgs au centre, animaient les rues de leur défilé actif, que cette douce température emplissait de la joie passagère et saine d'un beau jour. Une coulée incessante d'employés aux allures méthodiques, d'ouvriers marchant d'un pas lourd et cadencé, d'ouvrières, de demoiselles de magasin, trottinant à petits coups de talons claquant sec sur sur l'asphalte, s'engouffrait dans Paris.

Aimé, sans rien voir, sans rien entendre, remontait ce courant de vie et de labeur, avec le vague regret, cependant, d'être sans nerf au milieu de cette activité, de n'avoir pas la force d'y chercher l'oubli de sa douleur. Il allait, le regard vide, la face hagarde, sans remarquer l'impression d'étonnement narquois ou apitoyé, qu'il laissait derrière lui, dans la foule qu'il heurtait à chaque pas.

La mort l'effrayait, tout en l'attirant. Il énumérait, examinait un à

banlieue, bordant une route longue et triste. En s'approchant de quelques pas encore, il lut l'inscription que portait une plaque scellée dans le revêtement de pierre du rempart.

Il était à la porte d'Orléans.

Orléans, les bords de la Loire, Blois ! Pour la première fois depuis qu'il connaissait Angèle, il repensait à sa ville natale. Quatre mois de confiance en un futur bonheur avaient effacé de son esprit l'impression des années passées là-bas.

Mais son esprit revenait toujours aux derniers mois, pendant lesquels il avait fait de si beaux projets d'avenir. Alors, au souvenir de son amour, attisé par l'imbécile Radigot, succéda tout à coup une colère contre l'horloger, un besoin de vengeance contre celui-là aussi, un désir de meurtre... Oh ! la folie ! la folie ! Il la sentait venir !

Une nouvelle crise de larmes le soulagea.

Un claquement de fouet, un cri, puis le juron du cocher, qui l'apostrophait, le tirèrent de sa torpeur. Il se rejeta en arrière, à temps pour n'être pas renversé, broyé. C'était une sorte de diligence de banlieue desservant les petites localités des environs de Paris, avec sa porte vitrée derrière, ses trois banquettes d'impériale sur lesquelles six voyageurs oscillaient, durement cahotés. Au-dessus du marche-pied fermé, sur le panneau de la portière, Aimé lut ces mots :

CHATILLON-CLAMART

Comme une décharge électrique, une idée soudaine le secoua. S'il allait revoir, une dernière fois, ces bois où son cœur s'était éveillé à l'amour ? leur redemander, pour quelques instants, la menteuse illusion du bonheur dont ils avaient empli ses sens, pendant cette journée inoubliable où Angèle lui avait été fiancée ? Oui, une fois encore, il voulait parcourir les sentiers, traverser les taillis, s'arrêter aux clairières où, avec elle, il s'était arrêté, qu'il avait traversés, parcourus avec elle ! Il manquait à son désespoir cette dernière goutte d'amertume pour le faire déborder ; pour que la mort cessât de le paralyser d'épouvante, il sentait le besoin de se retremper tout entier dans ce passé d'hier.

Il se remit en marche...

La route s'allongeait, droite et blanche, entre ses deux files de platanes à demi dépouillés, que rapprochait au loin la perspective ; et, au bout de la montée, dans l'éloignement qui la faisait paraître à pic, elle s'arrêtait, coupée net par la ligne fauve des bois hérissant les hauteurs.

Aimé allait maintenant d'un pas plus égal et comme régularisé par la monotonie du trajet. La voiture de Clamart avait tourné sur la droite. Aimé suivit cet itinéraire. Il avait maintenant à sa gauche les hauteurs boisées de Châtillon ; au-dessous de lui, du côté de Paris, le faible vallonnement des plaines d'Issy et de Vanves, dominées par leurs forts, dont les routes militaires coupaient de lignes poudreuses les terres de labour. Dans la direction de Bagneux, assis au bas d'un mamelon bariolé de cultures, le sillon d'une ravine, très douce, donnait l'illusion d'une vallée en raccourci, avec ses deux coteaux étageant leurs terres ensemencées, avec ses bouquets de pommiers, ses rangées de cerisiers, sa prairie verdoyante, où brillait l'eau stagnante d'une mare.

Aimé, rafraîchi par ce bain d'air et d'espace, sentait son cerveau se calmer. Vaguement, il se disait qu'un voyage lointain, fait à travers les vastes étendues de la vraie campagne, l'eût bien sûr sauvé.

Mais, devant lui, à un ou deux kilomètres, il apercevait la masse rousse des bois de Clamart et de Meudon ; et de nouveau la fièvre du souvenir mit ses veines en feu.

Il reprit sa marche.

Quand il arriva dans le village de Clamart, l'horloge de la petite mairie, blanche et proprette, sonnait onze heures. Il reconnaissait avec une joie enfantine la place plantée d'arbres en quinconces, qu'il avait traversée, à la suite de M. et de Mme Radigot, aux côtés d'Angèle, n'osant la regarder, sentant sa poitrine doucement soule-

vée d'une émotion délicieuse et pénible, où se mêlaient déjà la joie
et la crainte de sa timide passion.

En quelques enjambées, il fut à l'auberge où il s'était arrêté avec
le bijoutier, pour prendre du vin. Il revoyait, comme si elle eût
été devant ses yeux, la gracieuse figure d'Angèle , — sous le soleil
qui dorait les mèches blondes de son front, — arrêtée pour l'attendre,
et coulant de son côté, tout en s'efforçant de ne point le laisser pa‹
raître, un regard où il avait cru deviner le même désir qui lui faisait
battre le cœur.

Cette auberge l'attirait, comme si, pour ne point briser le charme
qui mettait devant ses yeux l'image d'Angèle, il eût fallu refaire,
sans omettre un seul pas, le trajet — avec les mêmes haltes, les mê‑
mes détours — qu'ils avaient fait ensemble. Devant le petit comptoir
d'étain, il ne sut que dire. Et comme on lui demandait ce qu'il dé‑
sirait, il se fit servir du pain, du fromage et du vin. Mais, aux pre‑
mières bouchées, il vit bien qu'il ne pourrait achever ce frugal repas.
Il paya et sortit. Un instant après, il était dans les bois.

De tous côtés, les feuillages à présent à la verdure mourante ;
dans les sentiers, les joncées de feuilles sèches balayées aux caprices
du vent ; le pâle soleil d'automne allumant l'or fauve des hautes ci‑
mes, enveloppaient Aimé d'une mélancolie avec laquelle s'harmoni‑
sait sa tristesse.

Oui, comme lui, ces verdures, témoins de son bonheur si tôt détruit,
allaient mourir... Mais pour renaître aux premiers rayons d'avril,
splendides, et indifférentes, jetant, comme une première pelletée de
terre, sur son souvenir bien mort la première année d'oubli.

Peut-être Angèle, au bras de son mari ou en compagnie de l'im‑
bécile Radigot, reviendrait-elle un jour dans ces bois ; et sous la
fraîcheur de leurs ombrages, toujours pareils dans l'éternel prin‑
temps, la voix rieuse de la jeune femme retentirait, sonore, sans
qu'un écho s'élevât contre le blasphème de sa gaieté !

Mais peut-être, au contraire, quand il se serait tué, Angèle en ap‑
prenant son suicide, y viendrait-elle seule, ainsi que lui en ce mo‑
ment, chercher l'âcre émotion d'un souvenir pour elle mêlé de re‑
mords ?

Ah ! pourquoi ne l'oubliait-il pas ? Pourquoi !... Pourquoi !... Il se
demandait s'il avait toute sa raison.

Il sentait sous son crâne une fournaise. Oh ! prendre sa cervelle à
deux mains, la jeter sous ses pieds, la fouler furieusement, danser
dessus...

Il en était arrivé au degré d'exaspération, de folie qu'il faut pour
mourir. D'un mouvement inconscient de somnambule, il fouilla dans
sa poche, comme s'il n'eût eu qu'à prendre l'arme qu'il allait le
délivrer. N'y trouvant rien, il poussa un soupir de rage. Une idée lui
vint. Il dénoua sa cravate, l'arracha, et, avisant une branche assez
solide pour se pendre, il tira de ses deux mains sur l'étoffe, pour
s'assurer de sa solidité. La cravate rompit.

Pendant deux heures, dans la solitude du bois, dont le silence de
la semaine contrastait avec l'animation bruyante du dimanche, il
visita un à un les endroits où, n'osant encore déclarer son amour,
il s'était arrêté avec Angèle, heureux cependant d'un regard dérobé
de la jeune femme, d'une agacerie indirecte, d'un mot en apparence
banal, mais dans lequel plus tard il avait retrouvé une preuve qu'elle
partageait son émotion troublante.

Il revit le coin de futaie enchevêtré de pousses rampantes, où Angè‑
le s'était piqué la main dans les ronces ; et il se retourna une secon‑
de, repris de sa colère d'enfant, dans la direction où avait disparu
le jeune herboriseur.

Il se retrouva tout à coup dans le grand jour lumineux de la lisière,
qui ouvrait sur la ville une vaste échappée ; et il refit seul, mais
avec Angèle en rêve, le trajet de ce coin de Fleury au sentier en
contre-bas où, sous un gros chêne, il s'était abrité avec elle, où,
grisé par un contact inconnu pour lui jusqu'alors, affolé par un
parfum féminin, il avait failli se montrer brutalement hardi. Et là,
il s'arrêta. Il se laissa tomber dans le creux formé par les racines

déchaussées de l'arbre, se revoyait, en imagination, près d'Angèle, tapi derrière ses jupes, s'abandonnant de nouveau, frémissant d'un délire sensuel, à une langoureuse hébétude, dont il ne s'éveilla qu'au bout d'un temps très long.

Le soleil indiquait environ trois heures, quand Aimé reprit, alourdi et las, sa marche à travers la forêt.

Le souvenir tant de fois évoqué du délicieux après-midi passé dans ces bois les lui avait rendus familiers.

Heureux et triste, vivant ses souvenirs, il marchait lentement, comme pour prolonger ses dernières heures.

De nouveau, en marchant d'un pas inégal, où les soubresauts de sa fureur impuissante mettaient des alternances d'abattement et de vigueur, il sentait ses idées se heurter, s'embrouiller en tournoyant.

Il atteignit ainsi l'étang. Harassé, il se laissa tomber sur la pelouse, qui mettait aux pieds larges des ormes un tapis moussu, mal ombragé par leurs maigres bouquets de feuilles. Et, pendant une heure, dans le déclin du jour, il resta immobile, sans une pensée, sans un regard dans ses yeux fixes et mornes. Il était brisé.

Une forme humaine, se mouvant derrière le transparent rideau des saules, l'éveilla de son engourdissement.

Un grand gaillard en blouse, jusqu'alors couché sans doute, se dressait, écartant leurs fines ramures.

Aimé, sans bouger, l'observa, effrayé sans trop savoir pourquoi de cette apparition brusque, à cette heure impressionnante de la tombée du soir.

Quand l'inconnu, après avoir rôdé quelques instants au bord de la pièce d'eau, s'enfonça dans un chemin qui conduit au Bas-Meudon, Aimé éprouva un soulagement.

Puis, ne voulant pas s'avouer à lui-même qu'il avait eu peur, il fit le tour de l'étang, pour aller voir. Il gagna, haletant, la saulaie.

Bien seul, dans l'obscurité grandissante du bois, dont l'énorme silence était une muette invitation aux amours cachées, il s'était étendu, avait fermé les yeux, par un instinctif désir d'ajouter à l'illusion d'un rêve délicieux.

Encore lointaine, une voix tout à coup s'éleva.

Un homme s'avançait, chantant.

Aimé eut un mouvement de rage. Il se dressa à demi, essayant de percer du regard le rideau d'ombre que mettait entre lui et l'importun, l'épais massif de la chênaie.

A deux pas, dans l'herbe, quelque chose de brillant attira son attention. Il se leva, alla ramasser l'objet. C'était un long couteau, dit catalan, garni de cuivre, dont la lame, une fois assujettie par la virole retournée, devient un véritable poignard.

Le souvenir de l'homme en blouse lui revint aussitôt. Ce devait être, en effet, l'individu à mine suspecte qu'il avait vu se relever en cet endroit, qui avait laissé tomber cette arme.

Aimé, avec un frisson, rejeta sa trouvaille.

Mais, la voix qui se rapprochait l'emplissant d'une nouvelle terreur, il songea qu'il était sans défense au milieu d'un bois. Son imagination peu virile se créant tout de suite, dans la nuit maintenant descendue, de fantastiques épouvantes, il reprit le couteau, pour s'en faire au besoin une arme défensive, l'ouvrit, le referma, puis le mit dans sa poche.

Le chanteur, à travers la feuillée, lançait, de plus en plus distinctes, les paroles d'une chanson populaire, à laquelle il ajoutait une brutalité stupide :

> Ma femm' tomb' dans la limonade
> Je m' précipit' pour la r'tirer,
> Voilà le premier mouvement !

> Mais heureux d' m'en débarrasser,
> J' la laisse compléter sa noyade
> Et j' fais la planche en la cherchant.

> Voilà le second mouvement.

Il se tut.

Aimé eut tout d'abord l'idée de se cacher. Mais la crainte d'être découvert, peut-être pris pour un malfaiteur lui fit choisir le parti de s'enfuir.

Il se mit en marche, d'un pas rapide, que, par un effort de sa volonté, il rendit ferme.

L'inconnu approchait.

— Eh ! l'homme ! cria-t-il en apercevant Aimé.

Reconnaissant le son de la voix, le jeune homme murmura :

— C'est lui !

Il s'arrêta, examina le voyageur. Il ne s'était pas trompé : Philippe Brousse était devant lui.

— Dites-moi, eh ! interpella Philippe avec son accent marseillais, suis-je bien dans la direction de Viroflay ? Je crois que j'ai fait un petit écart.

Aimé ne pouvait répondre, tant son cœur sautait dans la poitrine. Pendant quelques secondes, il fixa un regard vide sur Philippe, qui de son côté, intrigué mais non effrayé, se rapprochait encore, en serrant toutefois par prudence sous son bras gauche la boîte de bijoux qu'il portait, tandis que de sa main droite il fouillait dans une de ses poches, pour y prendre une arme.

— Monsieur Philippe Brousse ? dit enfin Aimé.

— Pour vous servir, mon « cer » monsieur. Vous me connaissez donc ?

Aimé haïssait et méprisait cet homme, le persécuteur de celle qu'il adorait, l'obstacle vivant au bonheur qu'il avait rêvé, le mari d'Angèle ! Il ouvrit la bouche pour répondre à Philippe qu'il le connaissait, en effet... comme un misérable ! Sa faiblesse physique et sa timidité le paralysèrent. Il devait se taire !

Philippe répéta, impatienté d'un silence si prolongé :

— Vous me connaissez ? Pour moi, je ne vous remets pas...

— Je travaillais chez M. Radigot, répondit le jeune homme, ne pouvant éviter une conversation qui, d'ailleurs, l'attirait autant qu'elle lui était pénible. C'est là que j'ai eu... le « plaisir » de vous voir, le soir où vous êtes venu...

Il ne pouvait achever. Perdant la tête, il se reprit, bégayant :

— Oui, si je ne me... trompe, j'ai eu... « l'occasion » de vous voir chez...

— Ah ! c'est vous, monsieur Aimé ? interrompit le mari d'Angèle, sans faire attention au trouble de son interlocuteur. Comme on se rencontre !

Puis éclatant de rire :

— Encanté de faire votre connaissance ! dit-il en exagérant son zézaiement comme chaque fois qu'il voulait se faire plus familier. Encanté ! Quoique ze devrais faire le zaloux, cré diou ! après ce que m'a conté l'oncle... Mais je n'attache aucune importance à ces bagatelles.

— M. Radigot a dû vous dire que c'est lui qui... balbutia Aimé, la gorge sèche.

Mais un dégoût de lui-même lui monta aux lèvres, lui donna un instant de virilité.

— Monsieur, dit-il avec dignité et en contenant sa colère, j'ai, en effet, aimé la nièce de M. Radigot, votre femme, alors que je la croyais libre. La conduite de mon patron, en tout ceci, a été d'un lâche, ou d'un imbécile, des deux peut-être. J'ai bien souffert en apprenant qu' « elle » était mariée ; j'ai souffert davantage encore en « la » voyant partir avec...

— Avec moi, acheva gaiement Philippe. Je vous remercie. Pendant que vous y êtes, voulez-vous que je me charge de votre déclaration d'amour à ma femme ?

— Oh ! ne plaisantez pas, monsieur, répondit Aimé avec une hauteur douloureuse. Je l'aime encore, je l'avoue. Aussi, je veux disparaître, je... Mais, promettez-moi, monsieur... voulez-vous ? promettez-moi d'être bon pour elle, de la rendre heureuse... et je m'en irai moins triste. Voulez-vous me jurer que vous ne lui causerez plus de peines, que...

— Tonnerre de diou ! s'écria le Marseillais, vous me faites la morale, je crois bien ! En voilà assez, mon bon ! Basta ! où ze me fâce.

Aimé se sentit ridicule. Il allait se retirer, quand le mari d'Angèle ajouta :

— Si c'est ma femme qui vous a donné cette commission, je me charge de lui ôter l'envie de recommencer.

Et pirouettant sur ses talons, il fit le geste d'un homme qui administre une houspillade.

Puis il continua sa marche, reprenant en fredon la chanson bête qui l'obsédait :

— « Ma femm' tomb' dans la limonade
« Je m' précipite... »

Il n'acheva pas.

D'un bond, Aimé l'avait rejoint et, les poings serrés, le menaçait, sans un mot, en poussant un râlement rauque.

Dédaignant de prendre une arme contre un adversaire si peu redoutable, Philippe leva sa main fermée.

Un quart de seconde, il vit briller le fer d'une lame ; puis, en un coup rude au sein gauche, sentit le glissement froid de l'acier. Un cri de surprise s'étrangla dans son gosier, s'achevant en un hoquet d'agonie ; son poing se rouvrit, ses doigts s'écartèrent, et des deux mains il saisit à la gorge son meurtrier.

Un deuxième coup, mal porté celui-là, lui entama l'épaule, en une blessure insignifiante.

Mais ses jambes fléchirent, ses mains se desserrèrent, sa tête se renversa comme s'il se fût enfin résigné à tendre la gorge.

Une troisième fois, Aimé plongea son couteau, qui lui resta au poing, tandis que Philippe s'affaissait mollement dans une chute amortie par un lit de feuilles sèches.

Aimé resta quelques instants immobile, le front mouillé d'une sueur froide, le regard obstinément fixé sur le corps étendu à terre.

Il ne pouvait croire qu'il eût commis ce crime. Comment avait-il fait ? Il se rappelait seulement les dernières paroles de Philippe, le geste qui les avait accompagnées, ne laissant aucun doute sur les menaces qu'elles contenaient : puis, la vision d'Angèle battue par cet homme !... Ensuite, plus rien, qu'un bourdonnement dans les oreilles, une nuée rouge d'étincelles devant les yeux... et il se retrouvait les cheveux collés aux tempes, le corps secoué d'un tremblement, serrant encore dans son poing crispé le couteau, dont la lame luisante était tachée de longues striures brunâtres. Il se retrouvait assassin ! Tout ce qui, dans sa vie, avait trait à l'honorabilité de sa famille, à l'homme du nom de Luzolles, lequel maintenant allait entrer, souillé de sang, dans les annales judiciaires, lui passa lentement devant les yeux, tandis que, stupide, ne pouvant faire un pas, il répétait :

— Assassin !... Assassin !... Assassin !...

Il cherchait toujours à se souvenir, à s'expliquer comment il avait pu tuer un homme. Mais il ne comparaîtrait pas devant un tribunal ! Quand on découvrirait le crime, le criminel n'existerait plus. Il n'avait plus à reculer à présent... Il eut envie de se percer là, tout de suite, avec l'arme qu'il avait gardé à la main. Mais il ne voulait pas être trouvé mort à côté de Philippe.

Et puis, ce couteau sanglant l'épouvantait.

Il le jeta, au hasard, dans la broussaille.

Bientôt il fut sur la route par laquelle il était venu.

Tout en s'éloignant, il cherchait de nouveau le genre de mort qui l'effrayât le moins.

Cependant, il se représentait les recherches de la justice, l'enquête qui amènerait la découverte du meurtrier. Et son nom subirait une flétrissure d'autant plus grande qu'il ne serait plus là pour essayer

surgissant tout à coup dans son chemin. Le cheval [...] au milieu de la route. Les deux mains [...] dans une attitude d'horreur et de honte. Nous [...] ouvrir à la lumière [...]

Une [...] aux mains (page [...])

Philippe ? Et les explications, suffiraient-elle pour qu'elle ne le haît se laver de la préméditation, suffiraient-elles pour qu'elle ne le haït point ? Lui accorderait-elle, même à la dérobée, un regard de pitié, lorsqu'on la confronterait avec lui ?

Puis il songeait au scandale de leur amour dévoilé, présenté bien sûr, selon l'usage, par l'accusateur public, sous les couleurs d'un adultère certain, consommé...

Qui pouvait garantir qu'Angèle, même, ne serait pas impliquée dans l'assassinat, ou tout au moins accusée d'y avoir pris une part morale, en excitant, contre son mari, son amant ?

— Oh ! s'il était possible d'échapper...

Il resta quelques minutes la gorge serrée, les mains en avant, au milieu du chemin.

Où était-il à présent ? Il croyait reconnaître la chênaie derrière laquelle est situé Fleury. Il cherchait à rassembler ses idées. Il ne se rappelait plus...

Ne venait-il pas, vaguement, dans un éclair de la pensée, d'entrevoir le moyen de se soustraire à la justice ? Oui, pour Angèle, il le fallait ! il fallait...

Une accalmie du vent lui laissa entendre, très lointain encore, un pas dans la direction de Fleury.

Affolé, il rebroussa chemin, s'enfuit à toutes jambes.

Il courut ainsi longtemps, avec la certitude qu'il était poursuivi. Il s'abattit au revers d'un fossé, haletant, épuisé, plus encore par la terreur que par la course. Il se traîna, rampa jusqu'à une haie de buissons, derrière laquelle il se tapit, pour observer le chemin. Et là, il put reprendre le fil de ses pensées.

Ne serait-il pas possible de détourner de lui les soupçons ?

A la vérité, il n'y avait aucune raison pour qu'on l'accusât.

Cependant, en présence de cet homme tué et non dévalisé, quel mobile pouvait-on supposer, sinon une vengeance haineuse, ou une jalousie d'amour ?

La justice aurait bientôt arrêté les yeux sur lui. Il faillit pousser une exclamation. Il venait de trouver !

Qui l'empêchait de retourner auprès de Philippe, — c'était horrible, mais il le fallait ! — de prendre sur le cadavre les objets de valeur et de les faire disparaître... enfin de simuler un assassinat pour vol ?

Après avoir-jté un nouveau regard sur le chemin, il se leva et reprit la direction de l'étang des Fonceaux, décidé à exécuter son plan, malgré les frissons qui le secouaient d'avance.

A partir de ce moment, il commença de sentir véritablement le poids de son crime. D'homicide presque involontaire, le meurtre de Philippe devenait, il en jugeait vaguement, le lâche assassinat qui calcule et se dérobe.

Mais, qu'est-ce donc qui pouvait l'arrêter ? Ne s'agissait-il pas de la tranquillité d'Angèle ? Ce n'était pas pour sauver sa vie à lui, — une vie qui lui pesait... Non. Il le prouverait bien ! Et cela, pas plus tard que demain !

Et il retourna aux Fonceaux d'un pas hâtif, ne s'arrêtant que pour épier le silence ou pour reconnaître les moindres bruits de la forêt.

Ses dents s'entrechoquèrent quand il revit, reflétant la nuit du ciel, l'étang, luisant comme une mare d'encre.

A trois reprises, il fut sur le point de s'enfuir, au moment de tourner le coin du sentier où gisait Philippe.

Etait-il mort ? N'allait-il pas se relever tout à coup ?

— Il est donc vrai qu'on est lâche, quand on a...

Aimé n'acheva pas.

Mais, mentalement, il s'excita, en se reprochant d'avoir peur du cadavre de sa victime. Et il entra dans le chemin.

A quelques pas, le corps de Philippe s'étendait, immobile, à la place même où il s'était affaissé. La face, tournée vers la voûte de feuillage, et les paumes des mains, ouvertes par l'écartement près-

que en croix des bras, se détachaient en blanc sur le fond obscur
du sol.

En approchant, Aimé distinguait mieux.

Le Marseillais semblait dormir, sur les feuilles sèches amoncelées
là par un remous du vent. Son buste, bien pris dans un veston
d'étoffe sombre, bombait ; sous le drap de même couleur, ses jambes, à demi-ouvertes, se moulaient musculeuses.

Aimé le contempla, un instant, se reprochant d'avoir tremblé devant la vigueur de cet homme, de n'avoir pas eu le courage de se
battre avec lui, corps à corps, eût-il dû succomber !..

Il n'éprouvait toujours aucun remords ; il ne s'agissait pour lui
que de sauver sa mémoire du mépris d'Angèle, d'empêcher qu'elle
sût jamais qu'il était le meurtrier !

A l'œuvre donc !

Il prêta l'oreille, enfonça dans l'ombre environnante un regard
circulaire.

Il était bien seul.

Tout son corps tremblait, pourtant, il sentait ses cheveux se hé-
risser sous son chapeau, quand il fouilla les poches de Philippe.

Elles contenaient un portefeuille, un porte-monnaie — qu'il n'ouvrit pas — un coup de poing américain, un canif, un mouchoir.
Dans un gousset du gilet, une montre d'argent s'attachait à une
chaîne d'or. A deux pas, à côté du chapeau de Philippe, la boîte
de bijouterie, qui s'était ouverte en tombant, répandait des bagues,
des parures.

Aimé, une sueur aux mains, rassembla tout cela dans le mouchoir, dont il noua les quatre coins.

Il n'avait plus qu'à s'enfuir, et, en retournant chez lui, jeter
ce léger paquet dans la Seine.

L'étang, à quelques mètres, lui inspira une idée nouvelle.

S'il pouvait faire même qu'on ne découvrît pas le cadavre, ou
tout au moins qu'on ne le découvrît que plus tard ?... Il rendrait
ainsi plus difficiles encore les investigations de la police.

S'acharnant alors avec une sorte de rage qui triplait ses forces,
il traîna le corps de Philippe jusqu'au bord de la pièce d'eau.

L'obscurité du ciel, jusqu'à ce moment, l'avait enhardi, protégé
dans son horrible besogne. Un rayon de lune, soudain, répandant
une lumière crue autour de lui, illumina la face blafarde du mort.

Aimé jeta un cri, se voila les yeux.

Il venait d'apercevoir, sur l'habit de Philippe, à la poitrine, une
grande tache humide, plus foncée au milieu, tout autour d'une
large ouverture.

Un clapotis, tout près, lui fit faire un bond. Il se retourna, fouilla
dans sa poche sans réflexion, comme il avait dû faire pour tirer
le couteau et frapper Philippe. Il aurait tué encore !

Mais personne n'était là... Le bruit se renouvelant, il comprit. Un
plongeon de grenouille !...

Un coassement, qui lui parut lugubre, acheva pourtant de le rassurer.

La lune éclairait toujours la scène.

Aimé, maintenant résolu à en finir, sonda du regard toutes les
profondeurs environnantes. Puis, fermant les yeux, brutalement il
poussa le cadavre.

Il y eut le bruit d'un léger glissement dans l'eau.

Les joncs s'étaient ouverts en un sillon qui se referma sur le
corps, arrêté dans la vase, à trois mètres de distance, et dissimulé
derrière un glauque rideau de tiges frissonnantes.

Un instant après, Aimé jetait encore dans l'étang le chapeau et
la boîte, vidée, du courtier, puis s'enfuyait, avec une hâte de
sortir du bois, d'arriver à la Seine avant le jour, pour y laisser
tomber, du haut d'un pont, le compromettant paquet de bijoux.

VI

— Eh bien ! monsieur Luzolles, êtes-vous content de votre fauteuil Voltaire ? Ces marchands sont si voleurs ! Croiriez-vous qu'il voulait me le vendre quarante francs ? Ah bien ! je l'ai un peu secoué ! « Vous ne voudriez pas écorcher comme ça mon petit locataire du quatrième », que je lui ai dit, « ce pauvre jeune homme qui est malade depuis près de quatre mois — dont deux entre la vie et la mort — d'une fièvre « célébrale » attrapée en essayant de sauver l'enfant de la couturière... »

Aimé fit un faible geste de la main pour demander le silence à madame Fougneul, sa portière, qui venait d'entrer et commençait le ménage, tout en jacassant à tort et à travers.

Il n'y en avait pas pour longtemps, du ménage. Retaper la couchette, donner un coup de balai au carrelage du milieu, — « si les coins en veulent, qu'ils s'approchent ! » — passer le torchon sur la table de bois blanc encombrée de bouteilles de pharmacie et sur la tablette de la cheminée ; un petit coup encore aux deux chaises paillées, puis enfin, pour la forme, au fauteuil tout frais reverni que le brocanteur venait de monter et dans lequel Aimé était étendu — en tout, l'affaire d'un quart d'heure.

Mais tailler une bavette !... Voilà ce qui allait allonger la séance !

Au mouvement du jeune homme, Madame Fougneul se tut. Son silence dura quelques secondes. Elle acheva de border les couvertures du lit ; puis, comme répondant à une contradiction qu'Aimé ne songeait cependant pas à lui opposer, elle reprit, avec un air de grande confiance dans la logique de ses raisonnements :

— Oui, on a beau me soutenir qu'il n'y a aucun rapport entre le croup, qui a enlevé ce pauvre petit ange, et la fièvre chaude qui vous a fait débiter tant de bêtises pendant votre délire — c'est un miracle qu'elle ne vous ait pas emporté aussi ! — oui, le médecin en personne me le dirait comme les autres, je lui soutiendrais le contraire ! D'abord, toutes les maladies, c'est du pareil au même, allez ! qui a fichu l'une a fichu l'autre. C'est toujours le sang. Pour vous, ça s'est porté au cerveau au lieu de se porter à la gorge, voilà tout. Mais ce n'est pas autre chose que le sang, croyez-le. Seulement vous n'auriez pas dû... Vrai là, s'est un dévouement plus que sublime ! Un père ne ferait pas ce que vous avez fait. Mettre sa bouche contre la bouche du petiot !... Brrr ! Faut avoir le cœur de faire ça ! C'était chercher la mort, ni plus, ni moins !

Madame Fougneul était une femme de cinquante-cinq ans, dont le ventre, les hanches, les seins, les épaules se tassaient avec un pelotonnement de rondeurs roulantes qui, dans ses longues phrases débitées à perdre haleine, brimballaient avec des tremblotements de gélatine.

Elle s'était plantée devant le convalescent, lui souriait bonassement de toute sa face large et rouge de commère bien portante, heureuse de soulager son besoin de parler, non pour dire quelque chose, mais pour parler, tout simplement.

Parler et respirer, telles étaient les deux conditions, aussi vitales l'une que l'autre, de son existence. Sans méchanceté, d'ailleurs, elle était de l'espèce bavarde la moins pernicieuse, incapable de nuire sciemment.

Mais, quand elle tenait une victime, il fallait l'arrivée d'un tiers ou quelque incident tout à fait imprévu, pour qu'elle la lâchât avant de l'avoir absolument abasourdie. Et cela sans se douter qu'elle infligeait un supplice ; au contraire, avec une certitude d'être très agréable, qui fendait sa bouche d'un sourire d'aise, faisait briller ses dents saines, avivait, rendait pétillants ses yeux ronds de bête qui ne pense guère.

Aimé, très faible encore, le cerveau vide et douloureux, fit de nouveau signe de la main pour demander le silence.

Trompée par le geste, et croyant à une protestation modeste du jeune homme, elle continua son caquetage :

Aimé, mon adoré ! (page 47).

— Vous avez beau ne pas vouloir, allez ? Oui, c'est une action sublime ! Tout le quartier a été d'accord pour le déclarer. Aussi, on n'a pas trouvé mal que madame Angèle — je l'appelle comme ça, puisqu'elle le veut — ait passé à son tour les journées et même les nuits à vous soigner elle-même, quand vous battiez la campagne ; on ne trouve pas drôle qu'elle continue de venir tous les jours, depuis que vous êtes hors de danger, et qu'elle reste des heures entières en tête-à-tête avec son malade. C'est-y pas naturel ?

Le convalescent s'était résigné. Il se renversa nonchalamment et resta immobile, les mains comme mortes sur les bras du fauteuil, la tête inclinée de côté, les yeux vagues.

Depuis plus d'un mois que la raison lui était revenue, la présence d'Angèle, tous les jours lui remettait devant les yeux l'horrible scène...

Les vêtements noirs de la jeune femme quoiqu'elle eût soin de ne jamais faire allusion qu'à la mort de son enfant — comme si elle n'eût porté le deuil que pour le petit être, — rappelaient journellement à Aimé qu'elle était veuve, que Philippe était mort, assassiné par lui ! Mais le silence d'Angèle sur cette mort ; l'air de tranquillité heureuse dont elle rayonnait quand elle oubliait un instant sa douleur maternelle ; les projets d'avenir qu'elle faisait parfois et par lesquels elle donnait à entendre — sans l'avoir jamais dit, toutefois — qu'elle songeait à disposer un jour de son cœur, maintenant libre ; çà et là une parole échappée à sa franchise de femme honnête ; tout concourait à persuader à Aimé que lui seul devait souffrir de son crime, que pour Angèle, au contraire, ce meurtre, pourvu qu'elle en ignorât l'auteur, était un bienfait, assurait son bonheur dans l'avenir.

Et, s'il avait une angoisse au souvenir du Marseillais, ce n'était point qu'il éprouvait des remords.

Aimé n'écoutait plus Madame Fougneul, ce qui n'empêchait pas la commère de continuer. Elle aimait mieux parler seule, que ne point parler.

— Du moment, disait-elle, que le médecin vous trouve assez fort, à présent, pour vous lever, vous pouvez bien soutenir un brin de conversation. Ça ne peut que vous distraire. Et puis, rien ne vous force de parler beaucoup, si vous croyez que ça vous fatigue. Ce qui est une erreur... Moi, je serais à l'article de la mort qu'il faudrait que je parle ; et si l'on voulait m'achever, on n'aurait qu'à m'imposer silence. Parler, c'est la santé, voyez-vous ! Vous ne sauriez croire ce que j'ai souffert, jusqu'ici, de me voir clouer le bec par madame Angèle, à chaque parole que je laissais échapper. Aussi, j'avais bientôt bâclé votre ménage. Aujourd'hui, il va être soigné !

Aimé eut un geste vague que la portière prit pour un geste d'assentiment. Et elle continua de jacasser, tandis qu'il restait plongé dans ses réflexions que la faiblesse de son cerveau rendait confuses.

Il voyait avec satisfaction lui revenir les forces, approcher le jour où il s'éloignerait sans rien dire, fuirait l'amour d'Angèle. Il passerait à l'étranger sans un papier d'identité sur lui, afin qu'on ne sût d'où il serait venu. Et il se tuerait avec l'assurance que sa mort resterait ignorée de son amante. Cependant, il se souvint qu'il avait déjà reculé en présence du suicide. Aurait-il plus de courage, cette fois ? Car il se sentait lâche devant la mort qu'il faut se donner soi-même. N'avait-il pas passé deux jours, après avoir fait disparaître les bijoux de Philippe, à errer dans la campagne, avec le vague espoir d'oublier et de vivre ? Et quand il était rentré chez lui pour contempler encore une fois Angèle, de sa fenêtre, n'avait-il pas saisi avec joie l'occasion d'une mort qui lui épargnerait l'effort de volonté que réclame le suicide ? Enfin, la méningite qui l'avait frappé lorsque, d'après les journaux, le bruit se répandit que la justice était sur les traces du meurtrier, n'était-elle pas une preuve de la débilité morale qui l'empêchait de trouver en lui l'énergie nécessaire pour se faire justice ? Ah ! s'il avait pu trouver la mort auprès de l'enfant d'Angèle ! Si l'affection cérébrale qui le tenait là depuis quatre mois l'avait emporté !... Car, il se l'avouait presque, maintenant, il n'avait pas le courage de se tuer !

Pourtant, allait-il donc continuer d'aimer la veuve de sa victime ? Se laisser aimer par elle ! Allait-il l'épouser !...

La portière bavardait toujours, entremêlant, par une suite de coq-à-l'âne où elle seule se retrouvait la question du fauteuil, obtenu pour trente-cinq francs, sa théorie pathologique du sang, cause unique de toutes les maladies, les menus potins du quartier, lequel affirmait-elle était unanimement sympathique au malade ainsi qu'à Angèle. Par de brusques caprices de girouettes, elle était revenue sur les visites assidues d'Angèle, sans pouvoir tirer Aimé de l'espèce de torpeur qui l'empêchait d'entendre.

Elle s'était rapprochée du jeune homme, pour arranger le feu de bois, qui menaçait de s'éteindre. Et, accroupie sur ses talons, entre lui et la cheminée, tout en fourgonnant les cendres sous la bûche qu'elle venait de mettre, elle ajouta :

— Tout le monde le dit bien, ce n'est pas difficile à deviner, pardi ! ça finira par un mariage...

Elle avait levé vers Aimé sa grosse face heureuse, que sa posture ramassée congestionnait. Et dans le sourire par lequel se traduisait sa certitude de dire une chose très agréable, ses dents paraissaient plus blanches, sur la pourpre violacée, vineuse, de son visage près d'éclater.

Mais elle se releva d'un bond, très effrayée, pâlissant.

Le hasard venait de faire concorder si terriblement son caquetage avec les pensées d'Aimé, que celui-ci avait entendu les dernières paroles. Le front du jeune homme s'était plissé durement ; ses yeux s'assombrirent, ses traits se convulsèrent avec une expression de terreur et de colère que sa maigreur rendait plus mauvaise.

— Taisez-vous ! Taisez-vous ! cria-t-il d'une voix forte que son état d'affaiblissement rendait inexplicable.

Et de ses deux mains, blanches, diaphanes, qu'il porta en avant, les doigts frémissants et crispés, il jeta comme une menace à la commère, qui recula pleine d'épouvante.

Elle crut à un retour du délire.

Madame Fougneul était une luronne ; elle se plaisait à répéter ce qu'on lui avait dit maintes fois, sans trop de flatterie, qu'elle n'avait pas froid aux yeux, qu'un homme ne lui faisait pas peur. A plus forte raison Aimé, avec ses airs de fille, et dans l'état de faiblesse où il se trouvait, aurait-il dû lui sembler redoutable ? Mais elle se rappelait que, pendant ses accès de fureur, au plus fort de sa maladie et à chaque rechute, il n'avait cessé de parler de meurtre, voir du sang, hurler qu'il était un assassin ? Qui pouvait dire ? Un mauvais coup était si tôt fait ! S'il avait une arme chez lui, dans un moment de folie, ne pouvait-il pas la tuer, « quelquefois » ? Il en était des fous comme des ivrognes, c'étaient les plus doux qui devenaient les plus dangereux à un certain degré... Plus souvent ! qu'elle resterait là, bêtement, à se faire égorger entre quatre murs, par ce gamin qui battait la campagne !

Elle gagna la porte à reculons, et disparut, au moment où Aimé, surexcité, égaré en effet, s'était levé de son fauteuil, la prunelle dilatée, les traits hagards.

Une fois seul, il se sentit plus calme. Il eut là joie de se trouver beaucoup plus fort qu'il n'aurait cru. Il se mit à arpenter, à pas lents, la chambre vide de meubles.

Et il examina froidement sa situation.

Il n'était pas permis d'en douter, Angèle songeait au mariage. N'était-ce pas tout naturel ? La mort de son mari ne pouvait lui avoir causé aucune douleur ; et, en venant chez son malade, ses allures d'amante disaient tacitement pour elle, dans un langage très clair, ce qu'une pudeur bien compréhensible ne lui permettait pas de dire hautement : elle était délivrée ; ce que le respect de cette coutume qui exige une année de deuil lui défendait d'avouer : elle aimait ! Pourquoi ne se serait-elle pas souvenue, alors, de l'amour de celui qu'elle avait baisé au front, au dur moment de la séparation, en lui disant d'une voix tremblante : « Moi non plus, je ne vous oublierai pas ! » Comment pouvait-elle ne point songer, maintenant, à réparer le mal que par faiblesse elle avait laissé faire, avait fait même à l'amoureux naïf qui avait mis toute sa vie dans l'espoir de l'épouser en un temps où cela n'était pas possible ? C'était possible, à présent !...

Cette pensée, en rappelant à Aimé le meurtre, le fit frissonner.

— Il faut en finir, murmura-t-il, poussé comme tous les gens obsédés de pensées inextricables, à parler seul à haute voix.

Un instant, il avait pensé dire à Angèle qu'il ne l'aimait plus, ne l'avait peut-être jamais aimée ; qu'il ne ressentait pour elle qu'une profonde affection, une amitié...

Lui dire qu'il ne l'aimait pas ! Où puiserait-il donc la force de proférer ce blasphème ? Renier cet amour qui avait fait de lui un assassin ?!...

Il allait et venait dans la chambre, à grands pas, les cheveux en désordre, l'œil ardent, les joues animées d'un éclat factice de fièvre.

Il faisait ce jour-là un beau temps de gelée ; le soleil oblique glissant sa pâle gaieté d'hiver au long des maisons grises, en face, réjouissait les couturières. Elles avaient relevé leurs rideaux pour jouir plus complètement derrière les vitres de ce rayon réconfortant

Aimé, à chaque retour près de la fenêtre, les voyait sans être vu, à travers les carreaux ruisselant de la buée que faisait goutteler une température de malade.

Angèle était bien sûr absente, car ses ouvrières parlaient et gesticulaient avec une animation dont l'ouvrage devait pâtir.

Il s'était arrêté au milieu de la chambre, la tête haute, l'œil hardiment levé, comme devant un tribunal imaginaire à qui il eût dit : « Vous ne pouvez absoudre le meurtrier, je le sais. Mais, dans vos yeux, je lis votre pitié pour l'amant. »

Et il se dit que les circonstances atténuantes, qui eussent certainement été admises, auraient été son acquittement moral.

Dans la robe de couleur tendre — que la concierge, servie par le hasard, avait trouvée bien à sa taille et d'une coupe élégante, — ses reins souples et cambrés se drapaient joliment ; toute sa personne féminisée encore par ce costume, mais ennoblie par un mouvement exalté, offrait un ensemble de fierté et de douceur, de force et de faiblesse, où se fondaient avec une étrange harmonie de grâce et d'emportement, la mignardise de sa frêle nature et les farouches fureurs de sa passion.

Mais pourquoi ne pouvait-il l'oublier, ce crime ? Pourquoi ?... Puisqu'il n'en éprouvait aucun remords, puisque de cet oubli dépendait le bonheur d'Angèle, son propre bonheur, à lui, la possession si longtemps rêvée de celle...

Angèle son épouse !...

Il se retrouvait au point de départ, désespéré, terrifié, comme un condamné enfermé dans un cercle de flammes, courant, affolé, sans trouver d'issue.

Et, songeant que quatre mois étaient écoulés depuis le meurtre ; que la justice, sans doute définitivement égarée, le laisserait impuni ; que lui seul possédait ce secret, qu'il pouvait sans remords regarder en face, il murmura avec un accent qui l'effraya lui-même :

— Pourtant, si je le veux ?...

Mais en se rappelant aussitôt à quel moyen il devait de n'avoir pas été recherché par la justice, en retraçant la scène où, fouillant les poches du cadavre, il avait déshonoré, rendu odieux, irrémissible, un meurtre précédé et entouré de circonstances qui eussent pu faire hésiter la conscience des juges, il laissa tomber honteusement sur sa poitrine sa face découragée — à terre son regard morne.

— Lâche ! Lâche ! Aie donc le courage de mourir ! s'écria-t-il en enfonçant ses ongles dans sa poitrine, en un accès de fureur contre lui-même, et comme pour se violenter, se contraindre au suicide.

Il jeta autour de lui un regard décidé, cherchant un objet qui pût lui servir d'arme.

Des fioles de pharmacie traînaient sur la petite table ; il les bouscula, espérant y trouver un poison en quantité suffisante...

Elles ne contenaient que des restes de potions inoffensives.

Mais il songeait ! La portière, tout à l'heure, s'était enfuie en murmurant le mot de délire !... Qui l'empêchait — Angèle, alors, ne soupçonnerait pas un suicide accompli de sang-froid, qui l'empêchait d'ouvrir la fenêtre, de se précipiter ? Cette fois il était résolu.

Il tourna l'espagnolette.

Angèle, entrant tout à coup, poussa un cri.

— Aimé ! Mon adoré ! Ah ! je n'en ai pas peur, moi, de mon cher malade !

Elle le saisit, à bras le corps, l'entraîna, et maternellement, le mit dans le fauteuil.

D'un mouvement rapide, elle arracha son voile de crêpe, son chapeau de deuil, les jeta sur une chaise, se rappelant qu'Aimé, dans ses accès de délire, lorsqu'il avait entr'ouvert les yeux, avait paru souffrir à la vue de cette coiffure sombre. Elle ôta encore son manteau. Et, prenant les mains du jeune homme dans les siennes, elle s'agenouilla près de lui, dans une attitude suppliante et douloureuse, câline, passionnée.

Le récit que madame Fougueul venait de lui faire — en bas, au moment où elle arrivait, — lui faisait croire à une rechute. De la pièce voisine, elle avait entendu le cri désespéré du malade, le bruit des fioles qu'il bousculait, ses pas précipités... Et, en l'arrachant de la fenêtre qu'il allait ouvrir, en l'empêchant de se tuer, elle ne doutait pas que la raison d'Aimé ne fût de nouveau compromise.

— Allez-vous en, laisse-moi, je vous en supplie ! s'écria-t-il, l'esprit troublé en effet par cette intervention soudaine, où il voyait comme une obstination du sort à le lier vivant au terrible souvenir.

Et dans sa face amaigrie et pâle, l'épouvante de ses yeux, à la vue de la veuve, lui donnait l'apparence d'un homme en proie au délire.

— Aimé, c'est moi, ton Angèle ! Ne me reconnais-tu pas ? dit la jeune femme, d'une voix étranglée par les larmes.

Elle reprenait le langage d'amante qu'elle s'était permis dans les moments où Aimé n'avait pu l'entendre, pas plus qu'il n'avait senti sur son front de moribond les baisers où elle avait mis toute l'anxiété de son amour.

Mais comme elle lui effleurait les mains de sa bouche, avec une tendresse qui la faisait ressembler bien plutôt à une mère inquiète, il les retira vivement avec horreur.

— La concierge vous a trompée sur mon état, dit-il d'une voix calme qui frappa Angèle de stupeur. J'ai eu seulement un mouvement d'impatience contre son insipide bavardage. Mais je vais bien.

Angèle avait lâché les mains d'Aimé. Elle se releva toute troublée, très rouge.

Cette pourpre de pudeur, son attitude de pécheresse surprise ; sous son corsage noir, qui la rendait plus svelte, la palpitation de son sein, qu'elle essayait de contenir d'une main tremblante ; et sur son front un peu bas, les tresses de sa chevelure, que frangeait d'or un reflet du foyer, lui donnèrent un instant une beauté si pure, si lumineuse, une telle poésie de contours, une si sculpturale perfection de lignes, qu'Aimé, immobilisé, ravi, n'eut pas la force d'ajouter un mot. Il s'abandonna voluptueusement à la joie de ne s'être point tué, au bonheur odieux de vivre, de la voir.

Elle ouvrait les lèvres pour exprimer sa confusion par quelques paroles de pure convenance qu'elle ne trouva pas, s'excuser de ce tutoiement échappé à sa terreur d'amante. Mais brusquement, changeant d'attitude et de ton, elle dit :

— Pourquoi rougirais-je ? Ne sommes-nous pas, depuis longtemps l'un à l'autre ? Aimé ! Tu ne m'aimes donc plus, que tu veux mourir ? T'ai-je donc blessé dans cet amour que tu me jurais autrefois, et dont j'ai tant souffert ? cet amour qui me ferait si heureuse à présent !... Ai-je prononcé par hasard un mot qui t'ait fait croire que je reniais mes aveux ? Me suis-je conduite, sans le savoir, depuis que je suis libre de me donner à toi, comme une malheureuse indigne de t'appartenir ? Dis-moi pourquoi tu me repousses ! Je le jure d'avance, ce que j'ai dit, ce que j'ai fait de mal est un acte ou une parole de folie. J'ai pu être folle un instant, Aimé ! folle de la peur de te perdre ! Parle, je t'en supplie, accuse-moi, que je me justifie ou me fasse pardonner !

Aimé se sentait attirer par une force invincible vers le gouffre où devait périr sa conscience. Il ne pouvait rien répondre. Il essaya de rompre le charme en détournant la vue. Ses yeux se portèrent, sans qu'il vît pourtant le voile noire, vers la chaise sur laquelle Angèle l'avait déposé. Puis, à deux mains, il se cacha le visage.

Elle avait suivi son regard.

Et, trompée sur l'émotion de son amant, elle reprit :

— Ah ! je devine à présent ! Ce deuil t'offense ! Faut-il donc ?... Oui, un amour comme le tien peut avoir de ces exigences farouches. Il faut que, par des paroles qui seront un défi aux préjugés du monde, je t'exprime tout haut ce que je pense au fond de mon cœur ! Ce deuil, je le porte uniquement pour...

— Angèle ! Angèle !

Il se souleva et d'un geste suppliant voulut l'arrêter.

Mais elle continua :

— Je veux le dire : Je ne pleure que mon enfant. Quant à « lui », entends-tu, Aimé ! je ne le connais plus, il ne me laisse aucun souvenir, je ne le hais même plus !

Elle s'arrêta, droite, le visage pâli sous l'émotion que lui causaient ses propres paroles. Elle dit, en mettant une main sur la poitrine :

— Mais c'est là que je porte le deuil de ce cher petit être, qui eût été aussi à toi, bien à toi, à présent... Et ce voile qui t'attriste et te laisse un soupçon, vois ce que j'en fais !

Elle le mit en pièces.

Puis elle reprit :

— Je ne dois compte qu'à toi, désormais, de ma douleur de mère. Nous pleurerons ensemble, notre cher petit mort, ensemble nous évoquerons son souvenir. Le monde ? Que m'importe, à présent, son jugement ! Je ne me faisais hypocrite, jadis, en restant épouse fidèle, que pour faire respecter en moi la mère. Tu t'en souviens, Aimé ! Dis, te rappelles-tu notre triste séparation, un jour ? Maintenant que je n'ai plus mon fils, je suis toute à toi, toute ! Philippe vivrait encore que je n'hésiterais pas... Nous fuirions ensemble.

Et baissant la voix :

— Veux-tu une preuve encore de mon amour pour toi ? C'est horrible, ce que je vais t'avouer. Mais, pour m'en soulager comme par une confession et pour m'assurer ton amour, j'ai besoin de te le dire.

Un soir, j'étais là, seule auprès de toi. Je te voyais près de mourir. Le médecin avait secoué la tête en s'en allant, comme pour me dire qu'il n'espérait plus. Je baisais ton front, je baisais tes yeux fermés, je baisais ta bouche, dans l'espoir insensé de te donner de ma vie, ou de prendre aussi la mort — comme tu avais fait pour mon pauvre petit, tu te rappelles ? Le délire, qui t'avait un instant quitté, te reprit. Tu criais des paroles sans suite, tu avais des sanglots. Moi, impuissante, je me tordais les mains. Je t'appelai, te murmurai mon nom... Tout à coup, très distinctement, tu jetas ce cri : « Assassin ! Je suis un assassin ! J'ai tué Philippe Brousse ! »

Aimé se dressa, terrifié, l'œil fou.

Angèle l'enlaça de ses deux bras, et, souriant :

— Calme-toi, mon chéri. Je ne te rappelle cette parole que pour te

confronter avec un scélérat, auteur déjà du crime de Beaugeney...

— Le coupable... arrêté ? bégaya Aimé devenu livide.

Il n'y avait plus à reculer : on accusait un innocent, il fallait qu'il se livrât à la justice !

Il se dégagea des bras d'Angèle, se laissa tomber dans le fauteuil.

— Et exécuté depuis trois semaines, dit Angèle, qui ne pouvait deviner la cause de cette défaillance. Il avait fini, par avouer le meurtre de Beaugeney ; il lui était donc bien inutile de nier l'assassinat de Philippe ?

— Le meurtre de Beaugeney ? de Beaugeney ? dit Aimé stupidement.

Il regarda longuement Angèle, sans pouvoir dire autre chose.

Son visage s'était hébété sous le coup de la condamnation morale que prononçait contre lui sa conscience. Les muscles de la face détendus, l'œil idiot, il répéta à plusieurs reprises :

— Beaugeney ? Beaugeney ?

Déjà, inconsciemment, il s'accrochait à cette idée que celui qu'on avait exécuté comme l'assassin de Philippe, ne pouvait échapper à ce châtiment puisqu'il avait à répondre d'un autre meurtre.

Son amour pour Angèle, plus puissant que son horreur de lui-même, lui faisait songer à l'impunité, lui mettait au cœur l'espérance de la possession, tandis que, épouvanté de l'avenir, il essayait vainement d'éloigner de son esprit sa propre image, courbée à jamais sous le poids du terrible souvenir. Il pressentait la torture morale de ce secret, caché comme un honteux ulcère ; il voyait s'étendre à toutes les fibres de son cœur, et jusque dans les plus profonds replis de son cerveau, l'infection de ce mal inavoué, que nul ne connaîtrait jamais, qu'il ne pourrait jamais faire connaître, qu'aucune main ne pourrait panser. Et il se demandait, avec une terreur qui se peignait sur son visage, si, en vivant, il ne deviendrait pas un scélérat. Mais, penché au-dessus de l'abîme, dont la profondeur noire d'inconnu, l'étourdissait d'un vertige, il n'avait pas la force de se rejeter en arrière : l'amour l'attirait, et il se sentait glisser à l'infamie d'une existence pleine d'une honteuse dissimulation.

Machinalement, il continuait de questionner.

Et pendant qu'Angèle lui répétait complaisamment les mêmes détails, il s'abandonnait, l'écoutant à peine, à la joie de n'être plus tenu de se livrer. Il sentait un immense soulagement. L'erreur judiciaire qui lui assurait de n'être jamais découvert n'avait, après tout, frappé qu'un homme qui certainement appartenait déjà à l'échafaud. Tout ne l'invitait-il pas à vivre, à oublier ? Oh ! l'oubli ! l'oubli ! Il serait si heureux maintenant s'il pouvait oublier !

Angèle le voyait aux prises avec des pensées pénibles. Elle crut devoir se taire.

Puis, revenant à ses inquiétudes d'amante, elle lui dit :

— Aimé, il me faut un serment.

Elle se fit caressante, l'enlaça avec tendresse. Et, le baisant au front, elle murmura :

— Tu ne doutes plus de moi, n'est-ce pas ? Eh bien ! si tu m'aimes si tu te crois aimé, jure-moi que tu ne tenteras plus de mourir.

Pour toute réponse, il l'étreignit à son tour et lui donna un long baiser.

Et tout le temps qu'ils restèrent seuls ensemble, Angèle le berça de son babil de femme heureuse, entrecoupé de maternelles câlineries, sous lesquelles se cachaient les impatiences de son amour. Elle eut d'adorables coquetteries pour lui rappeler l'inoubliable journée passée avec lui dans les bois, cette journée pendant laquelle elle s'était plu à se laisser courtiser, croyant que cela ne tirait pas à conséquence.

— Il ne faut pas jouer avec le feu, dit-elle en le baisant encore une fois au front. J'en ai été punie, d'ailleurs, car j'ai bien souffert !

Aimé souriait, lui rendait ses caresses, sentant s'évanouir doucement sous le charme de cette quasi-possession les derniers scrupules de sa conscience, gardant seulement au front, mais à peine visible, le pli d'une préoccupation latente, comme une appréhension de l'avenir.

Puis Angèle fit ses projets. Elle se montra par anticipation si heureuse, si ravie ; elle lui traça des joies qui les attendaient plus tard, quand ils seraient unis, un tableau si conforme aux rêves qu'il avait faits depuis que l'amour avait pris possession de son être, qu'il goûta pendant quelques instants une véritable sérénité.

Mais quand elle se fut retirée, rayonnante, après avoir promis de revenir au bout de quelques heures, quand il se retrouva seul, il revit en face sa situation terrible.

Alors il se voila le visage et se prit à pleurer, à pleurer, en songeant que jamais il ne recouvrerait l'estime de lui-même, que c'en était fait de son bonheur !

VII

La tiédeur d'une belle journée d'août faisait perler au front de M. Radigot de fines gouttelettes qu'il essuyait avec son mouchoir, tout en suivant par-dessus l'épaule d'Aimé une transcription du journal au grand-livre, qu'était en train de faire son jeune successeur.

— Tu n'as pas à te plaindre pour ton premier mois, dit-il en se redressant, lorsque Aimé, après avoir passé le papier buvard, ferma ses livres de comptes. Voilà trois affaires, coup sur coup, qui te apportent un bénéfice de ?...

— Deux mille six cent cinquante francs, répondit Aimé.

Il avait prononcé ces mots d'une voix molle et découragée. Ses yeux se portèrent autour de lui avec une expression triste comme un adieu.

— Deux mille six cent cinquante francs ! Sapristi ! Tu m'annonces ça comme la mort d'un parent. Tu devrais frétiller de joie !

Le jeune homme se força de sourire.

— Je suis joyeux en effet, murmura-t-il d'un ton morne.

M. Radigot, se payant facilement de paroles, n'insista point. Il reprit :

— Si tu continues de ce train-là, sais-tu bien, mon fiston, que tu ne mettras pas, comme moi, trente ans à faire ta petite pelote. Oh ! depuis quelques années, il n'y a pas à dire les affaires marchent.

Puis, moitié sérieusement, moitié pour rire :

— Je t'ai vendu ça vingt mille francs trop bon marché.

Et il se remit à refaire l'estimation du fonds de bijouterie qu'il avait cédé.

— Je ne regrette rien, s'empressa-t-il d'ajouter. Même, comme je te l'ai dit, je veux, sans en tirer profit, rester à ta disposition pour les cas difficiles. Ça ne me coûte pas de peine ; au contraire, ça me distrait. Je m'ennuierais dans notre nouveau logement, à ne rien faire.

Il s'était persuadé à lui-même qu'il avait cédé sa maison à très bon marché ; et c'était sincèrement qu'il prétendait venir à la boutique pour aider Aimé, tandis qu'au fond, il obéissait à sa prudence de vieux commerçant qui tient à surveiller les opérations de son débiteur.

— Je te considère comme mon fils, d'abord, dit-il tendrement après une pause. Et puis, en bon oncle ne doit-il pas se sacrifier un peu pour sa nièce ?

En disant ces derniers mots, il regarda Aimé et cligna de l'œil.

— Car c'est la fortune d'Angèle que je fais en faisant la tienne, reprit-il. Et de ton côté, avoue-le, c'est bien plus pour la nièce que pour l'oncle que tu es revenu. Si elle avait continué de me bouder... Enfin ! Oublions le passé. Moi, je n'ai pas de rancune, j'ai l'âme généreuse, je m'en flatte.

Aimé eut un mouvement imperceptible d'impatience.

« Oublions le passé » ! Mais qui donc y revenait sans cesse depuis plus d'un mois ? Tous les jours, à chaque visite, le gros homme répétait la même chose, réveillait dans le cœur d'Aimé de sourdes douleurs...

M. Radigot se mit à marcher dans la boutique en s'épongeant toujours le front. Il ne remarquait pas la physionomie d'Aimé, devenue sombre.

— A propos, dit-il en s'arrêtant pour consulter le calendrier, près du petit comptoir, nous voici le 27. On ne t'a pas encore envoyé de Blois ce dernier acte qui te manque ? Vous ne serez pas mariés dans deux mois, si ça continue !

— Je n'y comprends rien, murmura Aimé, en évitant le regard de son ex-patron.

Si M. Radigot l'avait observé en ce moment, il n'eût pas manqué de voir le trouble et la pâleur subite du jeune homme.

Depuis cinq mois qu'il avait repris sa vie d'autrefois, il avait résolu d'éteindre ses souvenirs dans les fatigues d'un travail acharné de quinze heures par jour. Le premier levé, le dernier couché, il était arrivé à ne laisser pour ainsi dire rien à faire à son patron, qui n'avait vu dans ce zèle qu'un vif désir d'être bientôt capable de tenir seul la maison.

Angèle, venant tous les dimanches, quelquefois même dans la semaine quand son travail le lui permettait, était redevenue pour lui « mademoiselle Angèle », contemplée par timides dérobées, désirée secrètement, avec un lointain espoir, comme au temps où Radigot, le berçant dans ses rêves, lui répétait : « Plus tard, je te donnerai ma nièce. » Et dans son esprit faible, la possession entrevue seulement dans un avenir indéterminé, qu'inconsciemment il reculait toujours, réduisait à un amour purement platonique sa passion pour la jeune femme. Il eût certainement oublié, s'il lui eût été possible d'aimer ainsi toujours. La secousse morale où avait failli sombrer sa raison, et la fièvre cérébrale qui avait suivi, en arrêtant le progrès de sa virilité naissante, avaient refait de lui cette sorte d'être incomplet, mignard et féminin, chez qui se confondaient la réalité et le songe. Et les nerfs calmés, annihilés par les fatigues qu'il s'imposait, il trouvait une infinie douceur à cet amour immatériel où sa tendresse d'enfant retardataire n'obéissait qu'aux élans du cœur. Dans cette vie que le désintéressement des sens purifiait, le souvenir de Philippe s'effaçait peu à peu de sa mémoire. Une somnolence de son cerveau l'isolait du passé, épaississait le voile qui le lui cachait, l'en délivrait.

Le réveil fut terrible.

L'oncle d'Angèle, avec son imbécillité sereine, n'avait pas tardé à se persuader qu'il avait été « l'instrument d'une volonté d'en haut » selon sa propre expression, en promettant jadis sa nièce au jeune homme. Il prétendait, à présent, avoir toujours eu un pressentiment... Et la question du mariage — qu'Angèle, pas plus qu'Aimé, n'eût soulevée si tôt, — était redevenue l'occupation quotidienne du gros homme. Les quelques milliers de francs que possédait Aimé avaient précipité les choses. M. Radigot, depuis longtemps, désirait vendre son fonds. Aimé ayant atteint sa majorité, il le lui proposa. Jamais il n'eût trouvé un acquéreur comme lui, auprès de qui il pouvait continuer de venir s'immiscer dans les affaires de la maison cédée, en surveiller les opérations afin de s'assurer le paiement intégral.

Et un beau matin Aimé, poussé par le gros homme, attiré par les muettes avances de la jeune femme, s'était retrouvé en présence du dénouement inévitable qu'il s'était lui-même préparé en reculant devant le suicide.

Il allait épouser Angèle !

Alors son état moral était entré dans une nouvelle phase. Le temps écoulé depuis la mort de Philippe, la tranquillité relative qu'il avait fini par trouver, l'assurance de plus en plus grande qu'il ne serait jamais découvert, tout lui faisait espérer qu'après avoir franchi le plus terrible mais le dernier de ses scrupules, il ne manquerait pas de trouver dans le bonheur d'Angèle une pleine justification, peut-être même l'oubli. Et, il était résolu maintenant à aller jusqu'au bout, à porter ce défi à sa conscience !

En ce moment même, il souffrait du mensonge qu'il venait de proférer. Une révolte contre la vie s'emparait de lui ; il fut sur le point de se reprendre, de dire tout à coup : « Je le sais bien, pourquoi on ne m'a pas envoyé l'acte qui me manque. C'est que je ne l'ai pas demandé, c'est que je ne veux plus épouser Angèle ! Reprenez votre bijouterie, gardez l'argent que je vous ai donné, comme vous avez eu soin de vous l'assurer par une clause du contrat de vente... Je ne tiens à rien, je ne souhaite que de trouver le courage de mourir ! » Mais en même temps l'adorable figure d'Angèle se dressant dans son imagination, il prenait là résolution de sacrifier sa paix intérieure au bonheur de son amante ; d'accepter, pour elle, quelque désespérante qu'elle pût être, la vie qui s'offrait à lui. Et il se tut.

La voix de M. Radigot interrompit ses réflexions :

— Il faudrait récrire.

— Vous avez raison ; demain, j'écrirai de nouveau.

En faisant cette réponse, Aimé se promettait définitivement d'écrire à Blois.

Il se mit à raconter ce qu'il avait entendu ; les confidences heureuses d'Angèle, pleines des joies anticipées de ses amours futures ; ses aveux de femme à femme, dans lesquels sa passion s'était faite, bien contre son gré ! réservée, timide, hypocrite, autant dire ! Et elle était toujours tentée de sortir de cette réserve, de prendre assez d'audace pour faire la cour à Aimé, pour intervertir les rôles, puisqu'Aimé ne donnait l'exemple en conservant, même à présent que le mariage était décidé, une timidité de demoiselle. Puis, en riant, elle disait qu'elle serait bien plutôt la maman que la femme de ce grand bébé de vingt et un ans...

— « Tu verras, ma tante que je porterai les culottes », répéta en terminant le gros homme d'une voix qu'il essayait de rendre fluette, avec la prétention d'imiter la voix d'Angèle.

Il ajouta :

— C'est en riant, bien sûr, qu'elle disait ça ! Cependant, toutes les femmes ont une petite tendance... Oh ! je les connais ! Méfie-toi, Aimé, tiens bons, quand tu seras marié ! D'ailleurs, je serai toujours là pour guider votre inexpérience. Car votre union sera mon ouvrage, et je tiens à ce qu'elle me fasse honneur !

Puis il reprit ses indiscrétions, rapportant presque mot pour mot les enfantines divagations d'Angèle sur son petit intérieur, quand elle serait la femme d'Aimé. En entendant l'ex-bijoutier, son successeur se dit qu'il y aurait lâcheté de sa part, maintenant, à reculer devant le mariage, à briser ce bonheur.

Dans l'arrière-boutique, un bruit de vaisselle et de fausse argenterie interrompit M. Radigot et changea le cours de ses idées.

C'était la bonne, — une domestique payée à l'heure et cumulant les fonctions de femme de chambre et de cuisinière, — qui mettait la table pour le dîner.

Et avec son gros bon sens de boutiquier travailleur, ayant élevé sa petite fortune à force d'activité et de menus calculs, il se mit à faire un cours d'économie domestique qui, en toute autre circonstance, ou plutôt adressé à un autre qu'Aimé, eût été d'une grande valeur. Une existence remplie par le travail, par les affaires, par le souci des échéances, qui forcent de compter sou à sou, avait développé dans son cerveau, au préjudice des autres facultés, l'aptitude aux minces détails, avait fait de lui une sorte de moulin à paroles banales, capables de laisser échapper toutes les énormités imaginables, mais redevenant tout à coup, lorsqu'il s'agissait d'intérêt, un homme d'excellent conseil. Il fit le compte de ce que devait coûter cette femme, en moyenne. A raison de cinq sous de l'heure, cela devait entraîner par mois, avec les heures supplémentaires des dimanches, comme aujourd'hui, par exemple, de vingt à vingt-cinq francs, sans compter l'anse du panier.

Et brusquement.

— A propos, lui as-tu dit, ainsi que je te l'ai conseillé, que tu ne la garderas pas aujourd'hui toute la soirée, comme les dimanches précédents ? Une fois madame Radigot et Angèle arrivées, nous n'aurons plus besoin d'elle. Nous serons mieux seuls, en famille.

Aimé avait négligé cette précaution. Il avait même commis la négligence volontairement, essayant, sans oser s'insurger ouvertement, de s'affranchir de ces tyranniques prescriptions d'économie.

Mais M. Radigot, qui entendait gouverner toujours la maison, s'éclipsa un instant, puis revint en disant :

— C'est fait. Je lui ai dit de nous laisser seuls quand ces dames seront venues. Nous nous servirons bien nous-mêmes.

Il tira sa montre, car au milieu de mille tic-tac du magasin, on ne savait à quelle horloge se fier, et il dit :

— Il est temps qu'elles arrivent. Il me semble qu'elles prolongent joliment leur promenade.

Mais il eut une joie énorme. Comme il venait de prononcer ces dernières paroles, la tante et la nièce survinrent.

Ce n'était pas possible autrement ! Elles avaient entendu sa voix, et elles accouraient ! Pendant un quart d'heure, il ne laissa placer une parole à personne, répétant toujours :

— On dirait que vous m'avez entendu. C'est un plaisir, c'est comme dans les contes de fées : il n'y a qu'à parler pour être servi !

Les joues d'Aimé s'étaient empourprées à la vue d'Angèle. Les deux jeunes gens croisèrent leurs regards avec cette muette éloquence des amants, pour qui la parole est un langage inférieur.

Madame Radigot, laissant son mari pousser ses exclamations dans la boutique, entra dans la salle à manger pour ôter sa mantille et son chapeau. Angèle la suivit, jetant en arrière un coup d'œil coquet vers Aimé, comme pour faire appel à sa galanterie.

Le jeune homme, alors, s'empressa auprès de ces dames ; il les aida à se mettre à l'aise, accrocha lui-même les vêtements aux patères, avança des sièges.

Il était dans un de ces heureux moments où, sous le charme de son adorée, il oubliait tout pour ne voir que la jeune femme, s'abandonner au bonheur de la posséder du regard, au bonheur d'être auprès d'elle.

Angèle, depuis longtemps habituée au mutisme amoureux d'Aimé, restait souriante sous ce regard, heureuse d'être assise, après une promenade faite contre son gré, pour complaire à sa tante.

Aimé s'était assis également, et M. Radigot, qui avait épuisé toutes les intonations pour exprimer sa joie d'être enfin réunis et de se mettre à table, prit place vis-à-vis du jeune homme.

Ce fut madame Radigot qui rompit le silence, prenant pour sujet de conversation l'emploi de son après-midi passé dehors avec sa nièce. Selon son habitude de commerçante, elle avait mis à profit cette sortie, avait emmené Angèle dans plusieurs magasins, étudier le prix des étoffes, afin de ne point payer trop cher la robe qu'elle devait acheter bientôt pour la noce.

Il y eut là pour les anciens boutiquiers un objet de causette qui aurait pu les occuper plus d'une heure si Angèle n'eût déclaré qu'elle mourait de faim.

On demanda le potage.

La domestique, sortant de la cuisine, vint consulter du regard la société. Devait-elle s'en aller ? Devait-elle rester ? On lisait dans ses yeux qu'elle avait d'avance fait le compte de ses heures et qu'il lui en coûtait de réduire sa journée en partant tout de suite.

— Le dîner est prêt, dit-elle, s'adressant aux dames.

— Eh bien ! servez, répondit Madame Radigot.

Une discussion s'éleva. M. Radigot tenait à son idée. Si on avait deux heures à rester ensemble on pouvait bien se passer d'une servante. Deux heures à cinq sous, cela faisait dix sous.

— Dix sous, c'est dix sous ! En ajoutant quatre sous, on a un pain de quatre livres !

Il regarda sa nièce et ajouta :

— Du reste, je suis sûr qu'Angèle ne demande pas mieux que de servir, comme si elle était déjà maîtresse ici.

Mais Madame Radigot, qui savait le prendre, lui donna pleinement raison tout d'abord, et petit à petit l'amena à croire que lui-même décidait que la bonne dût rester au moins jusqu'au café. Il était si galant ! Il aimait tant sa femme et sa nièce ! Et il les voyait un peu fatiguées... cela suffisait.

Taisez vous !... (page 60).

Angèle regardait Aimé. Et dans le sourire de ses yeux, il y avait une exhortation à la patience ; elle semblait dire : « Quand nous serons mariés, nous ferons comme nous l'entendrons. »

Puis elle dit, très enjouée :

— Tu oublies, mon oncle, que je ne suis encore que l'hôte de M. Aimé. Je dois être servie...

— Et je vous servirai moi-même plutôt que vous ne le soyez pas toujours ! dit Aimé, qui, depuis l'arrivée de la jeune femme, était redevenu l'amant passionné, résolu à terrasser ses souvenirs, à ne plus voir que le bonheur promis.

Pendant que M. Radigot rappelait que, lui aussi, il avait été galant avant le mariage, quitte à en rabattre après, ce qui ne l'empêchait pas d'adorer sa femme ! — il appuya cette déclaration d'un regard en coulisse plein de tendresse — pendant qu'il reprenait sa théorie de l'économie qui devait primer tout, si l'on voulait « arriver », la cuisinière servit le potage.

Le dîner, muet d'abord, s'anima peu à peu.

M. Radigot parla de la chaleur revenue brusquement. Et, suivant sa manie de tout connaître, il fit une dissertation sur les causes météorologiques de la température capricieuse de Paris. Puis, du temps qu'il faisait, le gros homme passa aux affaires ; il parla des deux mille six cent cinquante francs de bénéfice réalisés par Aimé depuis un mois. Et, des questions d'intérêt, il arriva au mariage des deux jeunes gens.

Alors Angèle prit la parole.

Elle venait de donner congé de son logement. Depuis plusieurs semaines elle passait tout son temps en courses auprès de ses clientes, pour les avertir qu'elle se retirait de la couture et les décider à prendre comme couturière une de ses amies, établie depuis des années, et à qui elle avait cédé sa clientèle. Cela valait la peine ; elle l'avait vendue deux mille francs. Aussi tenait-elle à ce que son amie eût toutes les clientes.

Puis elle plaisanta :

— Deux mille francs et les quelques sous que je tirerai de mon mobilier que je vais vendre, voilà ma dot ! J'espère, monsieur Aimé, que vous faites un beau mariage.

Aimé lui jeta un regard de reproche, où se devinait la crainte qu'il n'y eût une arrière-pensée dans cette plaisanterie. Puis il corrigea ce regard en disant :

— Ces deux mille francs, Angèle, vous les garderez pour vos petites fantaisies, en attendant que par mon travail j'aie gagné de quoi satisfaire vos moindres désirs.

M. Radigot hochait la tête comme pour dire qu'il serait heureusement là, mettrait bon ordre à ces tendances au gaspillage.

Sa femme contemplait les amoureux avec un air d'extase où se reflétaient d'anciens rêves évanouis, très lointains.

Il se faisait sept heures. Le jour sombre de la rue Saint-Martin commençait à n'éclairer qu'imparfaitement l'arrière-boutique. On allait être obligé d'allumer la lampe.

Le gros homme se leva pour donner une nouvelle leçon d'économie. Il ouvrit la porte, celle de la chambre à coucher — ainsi qu'il avait toujours fait quand il était patron de la maison. Et la clarté de cette chambre, qui prenait jour sur une cour, s'ajoutant à la clarté de la rue, donna un faux jour qu'il fallut trouver suffisant.

Quand la domestique partit, Angèle déclara qu'en attendant qu'Aimé la servît, elle voulait aujourd'hui se faire sa servante. Elle allait verser le café.

Elle se leva de table, très gaie, prit des airs de maîtresse de maison. Elle allait et venait de la table au buffet, apportant les tasses, le sucrier, les petites cuillers. Elle disparut, revint avec la cafetière et fit le tour de la table, servant sa tante, son oncle, Aimé ; puis, se versant le café à elle la dernière.

— Voyez-vous que je ne serai pas empruntée ici, le lendemain de notre mariage, dit-elle. Il y a longtemps, d'ailleurs, que je connais la maison dans tous ses recoins.

M. Radigot, disposé à la gaieté, lança une grosse plaisanterie.

— Oh ! oh ! tu ne connais pas tout tel que c'est maintenant, j'espère !

Et il montra la chambre à coucher, ajoutant :

— Ce n'est plus la chambre de ton oncle et de ta tante, à cette heure, c'est une chambre de garçon.

Angèle eut une mine contrariée à cette plaisanterie déplacée.

Un regard d'Aimé qui équivalait à un haussement d'épaules, la calma.

M. Radigot n'avait rien vu ; il reprit.

— Mais j'ai eu soin, moi, pour ne pas lui occasionner double dépense, de lui faire acheter tout de suite un grand lit, un lit de ménage.

Aimé, les joues empourprées maintenant, baissa le nez, comme très occupé à remuer le sucre dans sa tasse.

On acheva de prendre le café, pendant que M. Radigot faisait valoir la disposition du logement, en atténuait les défauts. Tous les commerçants n'étaient pas si commodément logés !

Mme Radigot, par inadvertance, fit une observation maladroite qui lui valut un regard furibond de son mari.

— Il n'y a que la cuisine qui est bien mal commode, dit-elle, avec une rancune de ménagère qui avait eu à en souffrir.

— Comment ça ? interrogea le gros homme sur un ton qui exigeait une rétractation.

— Je dis : mal commode... j'exagère, répondit madame Radigot, ne sachant plus comment s'en tirer.

Mais Angèle la connaissait bien, la cuisine ! C'était une petite chambre sans cheminée, un cabinet, pour mieux dire, dont le propriétaire avait changé la destination et qu'il avait baptisé cuisine en y mettant un fourneau portatif. On ne pouvait y allumer du feu qu'à la condition de tenir ouverte la fenêtre donnant sur la cour. Aussi, arrivait-il parfois que tout le reste du logement, la boutique même, s'emplissait de l'odeur du charbon.

La jeune femme semblait prendre un malicieux plaisir à cette critique.

M. Radigot, très mécontent, n'osa cependant pas trop montrer son dépit. Il se contenta d'indiquer les précautions qu'on avait toujours prises pour éviter ces inconvénients.

En ouvrant la fenêtre de la cuisine et en fermant la porte, ce n'était rien. Il montra qu'il y avait fait poser un bourrelet. Cette porte fermait donc hermétiquement.

— A la guerre comme à la guerre ! s'écria-t-il en terminant. Quand on est dans le commerce, on n'a pas toutes ses aises. Il faut savoir s'accommoder de tout, si l'on veut réussir.

Madame Radigot approuva. Angèle dit avec gaieté :

— Certainement, mon oncle. C'est là que je voulais en venir. Et je n'ai qu'un mot à ajouter à ce que tu as si bien dit : Ne devrais-je pas me trouver heureuse comme dans un paradis, là où je serai avec...

Ses yeux s'étaient portés vers Aimé.

Celui-ci lui saisit la main, en rougissant jusqu'aux oreilles de sa propre hardiesse. Il dit :

— Avec moi, Angèle ? Ah ! vous avez raison, si le bonheur d'une femme est proportionné à l'amour qu'elle inspire...

Il y eut un moment de silence. Angèle abandonnait sa main, tout heureuse de l'état d'Aimé, qu'elle n'avait pas vu depuis longtemps aussi expansif.

On laissa de côté les sujets d'intérêts et de ménage, qui, avec M. Radigot, faisaient le fond ordinaire de la conversation. Il fut de nouveau question du mariage.

Aimé gardait toujours dans ses mains celle de la jeune femme. Et au milieu d'une conversation remplie de ces mille riens qui font battre doucement le cœur des amoureux, de temps en temps une pression passionnée suppléait, pour les deux amants, aux choses qu'ils ne pouvaient se dire.

L'oncle fit remarquer que, grâce à lui, les jeunes gens pourraient avoir une lune de miel beaucoup plus agréable que ne le permettaient ordinairement les charges d'une boutique.

Il s'offrait à garder le magasin de temps en temps le dimanche, quand les enfants voudraient faire un petit tour ensemble. Il avait trop souffert, et sa femme aussi, de cet esclavage pendant les premiers temps de leur union. Il fallait, quand on était jeune, se donner un peu de plaisir, sans faire des dépenses extravagantes, cependant.

— Ah ! si j'avais eu les facilités que vous aurez avec moi, dit-il en jetant un regard tendre à madame Radigot, comme j'aurais aimé, jadis, à aller roucouler en pleine campagne !

Le souvenir lui revint alors de l'unique escapade qu'il s'était per-
mise, l'année précédente..

— Vous rappelez-vous notre belle excursion dans le bois de Clamart ?

Il était encore tout fier de cette journée.

Pour un homme qui n'avait jamais bougé de son magasin, il
s'était vraiment bien tiré de ce voyage en forêt ! Sans lui, comme
la compagnie se serait égarée ! Hé ! hé ! Il en connaissait qui n'eussent sans doute pas demandé mieux que de se perdre !...

D'un coup d'œil en coin, il souligna son allusion.

— Mais heureusement j'avais consulté la carte avant de me ris-
quer. Et puis, quand on connaît la marche du soleil !... Ce que c'est
tout de même que de savoir s'orienter, s'écria-t-il triomphant.
Hein ! Est-ce que j'ai eu besoin de demander ma route pour trouver l'étang de Villebon ?

Il s'enthousiasmait ue lui-même. Il ajouta au bout d'un instant :

— C'est une idée ! Pour une fois, à l'occasion de votre mariage,
puisqu'il faudra quand même, fermer la boutique, nous la refe-
rons, cette partie !... Mais nous partirons plus tôt que l'autre fois,
afin d'y déjeuner, cette fois-ci, au bord de l'étang.

Aux premiers mots du gros homme rappelant les bois de Clamart
et de Meudon, Aimé avait tressailli. Et Angèle sentit sur sa main
la moiteur des mains du jeune homme.

Puis, d'un bruqsue mouvement, Aimé se dégagea en entendant
parler de l'étang.

— Non ! non ! laissa-t-il échapper d'une voix que l'épouvante rendait rauque.

Les deux femmes furent frappées de stupeur.

Seul, M. Radigot, à qui cependant rien n'échappait, répondit pla-
cidement :

— Non ? Pourquoi cela ?

Puis, éclatant de son gros rire :

— Ha ! ha ! ha ! C'est vrai ! Toujours la petite rancune. On t'a
fait enrager un brin, ce jour-là ! Et tu en veux même au bois ?

Il redevient sérieux et dit :

— Nous avons beau faire et beau dire, nous obéissons toujours
aux décrets d'une force qui est au-dessus de nous, et qui marque
d'avance nos destinées...

Dans la demi-obscurité du soir qui tombait, on ne pouvait voir
la pâleur d'Aimé. Il eut le temps de se remettre, et put dire :

— C'est vrai... c'est vrai. Je leur garde une rancune injuste, à
ces bois.

Un silence se fit.

Aimé retombait des hauteurs de ses rêves dans la terrible réalité
e sa situation. Et, de nouveau morne, découragé, il songeait que,
jute sa vie, désormais, il recevrait de ces coups en plein cœur. Tou-
e sa vie, il aurait à se raidir contre une force intérieure qui le
ousserait parfois, comme en cet instant, à crier : « J'ai commis un
eurtre ! ».

Cependant M. Radigot, satisfait de la réponse d'Aimé, continuait
e projeter, comme partie de plaisir pour le lendemain de noces,
a journée de promenade dans le bois de Clamart. Il fit même re-
arquer qu'on serait alors en automne, ce qui offrirait un charme
ouveau pour lui, qui n'avait vu la forêt qu'au printemps.

Madame Radigot elle-même était revenue de sa stupeur, accep-
nt l'explication qui avait été donnée du cri singulier du jeune
homme.

Seule, Angèle, n'était pas dupe de cette explication.

Elle avait bien senti le frisson qui avait agité son amant, d'a-
ord ; puis la moiteur subite de ses mains.

Mais elle se garda de rien dire, renfonçant en elle-même son
étonnement inquiet, le dissimulant sous une fausse gaieté, que sa
vigueur de caractère lui permettait de feindre.

En entendant M. Radigot parler du charme des bois pendant l'automne, Aimé avait encore tressailli, était devenu plus pâle. Une minute, il crut à une allusion directe. Il resta, le cœur bondissant, les yeux baissés, les bras énervés et lourds, dans l'attente d'une soudaine accusation.

Cependant, le silence qui l'entourait depuis quelques instants le rassura. Il osa lever les yeux, et vit le gros homme si placide, qu tout sa terreur s'évanouit.

Mais un dégoût de lui-même subissait.

Le silence durait toujours.

Dans l'arrière-boutique, la nuit maintenant était presque complète. On se voyait à peine. La boutique même, quoique recevant directement le jour de la rue, s'emplissait d'ombre.

Aimé se leva pour éclairer le magasin, heureux de cette occasion de quitter la table, espérant que cette courte occupation, en secouant son abattement physique, ferait une heureuse diversion dans son esprit.

Quelques instants après, un flot de lumière faisait étinceler la bijouterie jusque dans ses moindre recoins.

Puis, dans l'arrière-boutique, on allumait la lampe.

Mais, autour de la table, s'observant par-dessus l'abat-jour, qui coupait leurs visages de son cercle d'ombre, M. et Madame Radigot, Angèle et Aimé, n'échangèrent plus que de rares paroles.

A plusieurs reprises, même, le gros homme fit signe à sa femme pour préparer la retraite, et finalement se prononça.

Ils demeuraient loin, tout au haut de Montmartre, — par économie d'abord, puis pour le bon air. Et ils aimaient à se coucher tôt.

— Nous allons reconduire Angèle, dit-il entre deux bâillements, puis nous remonterons tout doucettement, n'est-ce pas, Madame Radigot ? Un peu d'exercice après les repas, il n'y a rien de plus hygiénique.

Et s'adressant à Aimé :

— Ce n'était guère la peine d'allumer la lampe...

Alors, lentement, la tante et la nièce se recoiffèrent, prirent leurs mantilles des mains d'Aimé, qui les leur passait distraitement, ne pouvant dissimuler le trouble de son esprit. M. Radigot s'arma de son parapluie, qu'il n'oubliait jamais, se couvrit, un peu en arrière, de son petit chapeau rond, et l'on se sépara.

— Je n'ai pas besoin de te recommander d'écrire à Blois demain, dit le gros homme, sur le pas de la porte, en secouant la main d'André. Je parie que, aussitôt seul, tu vas mettre la main à la plume, comme si la lettre pouvait encore partir ce soir. O amour !

Maintenant seul, Aimé se reprochait sa faiblesse morale.

Il s'en était peu fallu, tout à l'heure, qu'il ne laissât échapper son secret !

Que devait penser Angèle du silence où il s'était renfermé tout à coup, de la froideur qu'il lui avait montrée au moment du départ ?

Quand il la reverrait, il lui faudrait trouver un mensonge pour se justifier...

Ah ! s'il avait un ami à qui se confier, demander conseil...

Il allait et venait, la tête en feu, au milieu du magasin, s'arrêtant, gesticulant, parlant seul, comme un homme ivre, comme un fou.

Songeant qu'on pouvait l'observer, à travers les vitres de l'étalage, il résolut d'avancer l'heure de la fermeture de la boutique, de s'enfermer pour songer librement, pour peser une dernière fois ses scrupules, prendre une résolution.

Au bout de quelques minutes, les volets étaient mis, le gaz éteint. Seule, au fond de l'arrière-boutique, la lampe versait sa clarté ronde sur le désordre de la table.

Au moment où Aimé allait fermer la porte d'entrée, après avoir fixé la barre de fer qui en maintenait le volet, une silhouette de femme s'encadra, hésitante, sur le seuil.

C'était Angèle.

Elle entra. Et après avoir fermé la porte derrière elle, elle prit la main d'Aimé, l'entraîna vers le fond, sans un mot.

Il s'était laissé faire, surpris, effrayé.

L'avait-elle deviné ? Savait-elle ?...

D'une voix grave et pleine de reproche, elle l'interpella :

— Aimé, vous me cachez quelque chose. Vous ne m'aimez pas ! Comment pourriez-vous, si vous m'aimiez, avoir un secret pour moi ?

— Angèle ! Je vous en supplie...

Epouvanté de l'aveu que contenait cette supplication, il tomba aux genoux de la jeune femme.

Il pouvait tout dire, elle le croirait !

Angèle ne doutait plus. Il y avait entre elle et son amant un obstacle contre lequel allaient se briser ses espérances.

— Aimé, dit-elle d'une voix ferme, osez me dire tout ; je vous promets d'être forte. Vous aimez une autre femme !

Il ne répondit pas tout de suite. Il s'était relevé, soulagé d'un grand poids. La tentation lui vint d'en finir par ce mensonge que lui dictait presque Angèle. Un instant, il resta droit devant elle, les lèvres tremblantes ; puis il balbutia, d'une voix sourde :

— Non, je ne vous...

Mais tout à coup, obéissant à une force invincible, laissant éclater à la fois son amour et son désespoir il la prit dans ses bras. Et le visage caché dans le sein de la jeune femme, il s'écria :

— Angèle ! Angèle ! Un crime nous sépare... J'ai tué Philippe !

Elle eut un rire prolongé, faux et douloureux.

Puis, se dégageant des bras d'Aimé et lui prenant les poignets convulsivement :

— Ce n'est pas vrai !

Elle le repoussa, se mit à marcher, bousculant des chaises. Elle parlait seule, l'œil hagard, répétant :

— J'allais le croire !... Quelle horrible invention !

Elle n'acheva pas.

Animé d'une force factice qui rendait ses gestes saccadés, hérissait sa chevelure blonde, et mettait dans ses yeux bleus comme une farouche fierté d'avoir aimé jusqu'au meurtre, il fit le récit de la scène du bois.

Il parlait d'une voix claire, à peine tremblante, précipitait sa phrase, involontairement, sans artifice, à mesure qu'il approchait du dénouement.

Elle se laissa tomber sur une chaise.

Aimé avait cessé de parler. Il se tenait debout à quelques pas d'elle, immobile, effrayé du silence qu'elle gardait.

Pendant plusieurs minutes ils restèrent muets, les yeux à terre, comme si le cadavre de Philippe eût été là, entre eux deux, les empêchant de se rapprocher.

Maintenant, Aimé regrettait ses aveux.

Les tempes bourdonnantes, la gorge desséchée, il attendait, comme un coup de massue devant le foudroyer, le jugement d'Angèle.

— Aimé, dit-elle d'une voix basse qui s'éleva par degrés. Aimé, j'ai joué avec votre cœur, j'ai plaisanté avec une passion qui était assez grande et assez pure pour qu'un jour, me croyant fille-mère, vous ayez consenti à devenir le père de mon enfant, à m'épouser. Après avoir reçu de vous une telle preuve d'amour, devant vous je me suis réconciliée avec mon mari, avec cet homme... Ah ! c'est moi qui suis coupable !... C'est moi qui ai fait de vous... Aimé ! Aimé ! pardonnez-moi !

— Taisez-vous, Angèle, fit-il d'un ton suppliant. Ne vous accusez pas ainsi. Ne me suffit-il pas de voir que je ne vous fais pas horreur ?

Il avait dégagé sa main. Il fit quelques pas d'une allure saccadée, inégale : il était facile de deviner qu'un combat se livrait en lui.

Tout à coup, se voilant le visage, il s'écria d'une voix étouffée par un sanglot contenu :

— Oh ! être aimé de cet amour-là et songer qu'il faut...

Puis, se parlant à lui-même :

— Mais, je n'aurai donc aucun courage !

Il songeait que maintenant il n'avait plus qu'à mourir.

Ce qu'il avait souhaité, au milieu de ses angoisses dans le bois, se réalisait à présent : son nom, le nom de sa famille, resterait intact après sa mort, ne serait pas souillé par une condamnation infâmante ; Angèle ne le méprisait pas, elle pourrait garder dans son cœur le souvenir de celui qui l'avait aimée jusqu'à la folie du meurtre... Rien ne l'arrêtait donc plus.

Angèle, placée près de la porte ouverte sur la chambre à coucher, s'était adossée à la boiserie, hésitant elle-même. Elle suivait Aimé des yeux.

Un dégoût profond de l'existence s'emparait d'elle. Quelle serait donc leur vie, à tous deux désormais, en face de ce souvenir ?

Elle attendait qu'il se prononçât.

— N'est-ce pas Angèle, dit-il enfin, d'une voix qui implorait conseil, n'est-ce pas que nous ne pouvons vivre ensemble.

Elle fit un mouvement, ouvrit la bouche pour lui crier : « Essayons ! » La voix lui manqua.

Aimé, trompé par ce silence, s'écria :

— Il dépend de vous, Angèle, que j'aie le courage de vous quitter, de... Angèle. Angèle ! dites-moi que vous m'aimerez toujours, quand...

— Nous séparer, Aimé ? Oh ! non, non ! Tu ne le penses pas !

Elle prit une brusque résolution :

— Nous ne pouvons vivre ensemble, c'est vrai ! dit-elle d'une voix ferme ! Mais... nous pouvons mourir !

Aimé eut une pâle lueur de joie. Il sentait qu'il devait se tuer ; mais jamais il n'eût eu la force, en lui-même, de prendre cette terrible résolution.

Angèle, qui lui eût inspiré tous les courages, avec qui il fût devenu un homme ; Angèle, qui eût fait de lui un mâle capable de toutes les énergies dans le combat de la vie ; Angèle allait faire de lui un mâle devant la mort !

Cependant, il sentait crouler sa fermeté en son... qu'il entraînait sa bien-aimée au suicide.

— Non, non ! pas toi ! dit-il terrifié.

Elle eut un sourire triste, mais resplendissant d'amour, et elle dit :

— Vivre sans toi !... Aimé, comment crois-tu donc que je t'aime ?

Elle lui jeta ses deux bras autour du cou et murmura les lèvres sur ses lèvres.

— La mort avec toi me sera douce, va ! Aimé ! Dis ? Veux-tu mourir ensemble ?

Il lui rendit ce baiser, longuement. Et il s'écria avec un accent où se trahissait sa faiblesse naturelle.

— Oh ! oui ! Aide-moi à mourir !

Puis, baissant la voix, honteux de sa débilité morale, il confessa sa terreur de la mort qui, lorsqu'il s'était résolu au suicide, lui avait fait souhaiter de mourir sans s'en apercevoir.

— J'ai été lâche, jusqu'ici. Avec toi, par toi, je suis fort !

Sans y avoir songé, ils étaient entrés dans la chambre ; et, au milieu de l'obscurité, coupée par la bande de lumière qu'y projetait la lampe, ils s'appuyèrent au bord du lit, qui allait être, au lieu de leur couche nuptiale, leur lit de mort.

Aimé eut un frisson qu'il ne put réprimer.

Angèle, à travers l'étreinte, perçut ce frisson. Dans un baiser qu'elle lui donna, elle sentit la moiteur froide qui s'étendait sur e visage du malheureux ; malgré l'obscurité, elle vit sa pâleur t murmura son nom :

— Aimé !

Mais elle n'avait plus entre les bras qu'un corps inerte. André était évanoui.

Alors elle le souleva, doucement, l'étendit sur le lit, puis elle dit out bas :

— Tant mieux ! Pauvre enfant, il n'aurait pas la force...

Depuis quelques instants ; elle pensait au seul moyen qu'ils eussent de mourir ensemble et sur le champ.

Elle ouvrit la porte de la cuisine, y pénétra. Un reste de feu, oublié par la cuisinière, agonisait dans le fourneau. En moins de deux minutes, elle l'eut ravivé ; et, sur le brasier élargi, elle amoncela rt le charbon qu'elle put trouver. Puis, fermant la fenêtre qui onnait sur la cour, ainsi que la porte qui ouvrait sur la boutique, elle revint auprès de son amant.

Elle n'avait aucun regret pour la vie telle qu'elle lui eût été aite. Depuis la mort de son enfant, Aimé seul l'enchaînait à l'existence. Maintenant, il ne pouvait vivre, elle le voyait bien : le forcer à vivre eût été lui infliger un supplice. Alors, pourquoi aurait-elle craint de mourir ?

Seule, sa tante occupa un instant sa pensée. Angèle eût voulu l'embrasser avant d'entrer dans le néant.

Quant à son oncle, si la mort des deux amants avait pu seulement l'affecter vingt-quatre heures, Angèle eût éprouvé alors la joie d'une vengeance...

Mais il n'aurait pas la moindre émotion, trouverait cette mort toute naturelle, déclarerait même très probablement, qu'il l'avait toujours prédie. Et, tranquillement, il reprendrait possession de son fonds de bijouterie.

Tout était donc pour le mieux.

Dans la demi-obscurité qui ne laissait voir du lit que de vagues blancheurs, la silhouette d'Aimé se profilait indécise, accusant seulement les fins contours de son visage. Le reste de la chambre, au delà de la bande de lumière, était noyé de ténèbres.

Angèle s'approcha de son amant.

Il était toujours sans connaissance.

Elle eut un instant l'envie de lui donner des soins, de le ranimer.

Insensée ! Elle aussi perdait la tête !

Auprès du lit, comme au chevet d'un malade, elle restait droite, silencieuse. L'horreur inconsciente de la mort supprimait ses sens. Et une sorte de pudeur la faisait reculer devant un désir, très chaste cependant, le désir de s'étendre là, à côté d'Aimé, afin de mourir enlacés.

Un soupir d'Aimé la tira de ses pensées.

Il fit un léger mouvement.

Puis, après un nouveau soupir, prolongé, il ouvrit les yeux.

Il fit un effort pour se redresser, sauter du lit, ouvrir...

— Il est encore temps, dit-il à voix basse, et comme regrettant, en même temps qu'il les prononçait, ces paroles échappées à sa féminité.

Mais Angèle l'avait pris dans ses bras, d'un mouvement brusque, et lui couvrait la bouche sous un long baiser.

Alors Aimé n'essaya plus de se soustraire à la mort. Sous les caresses d'Angèle, il oublia tout. Un feu inconnu, qui changeait pour lui les angoisses suprêmes en une volupté infinie, pénétra en lui lentement, de veine en veine, l'envahit jusqu'au plus profond de son être.

Bientôt l'obscurité de la chambre fut emplie d'un double râle, très doux, qui peu à peu diminua, et s'éteignit en un long soupir d'agonie.

Aimé semblait sommeiller.

Comme une mariée songeant à quelque visite indiscrète pour le lendemain matin, Angèle eut encore la force de réparer le « désordre amoureux de leur couche. »

Puis, sa « pudeur tranquillisée », elle inclina doucement sa tête sur l'épaule d'Aimé, et, à son tour, s'endormit, souriante, pour l'éternité.

FIN

<u>Paraîtra prochainement :</u>

QUI ?

PAR

Fernand LAFARGUE

Imp. de la Bourse de Commerce (G. Dubnau), 35, rue J.-J.-Rousseau, Paris.

www.ingramcontent.com/pod-product-compliance
Ingram Content Group UK Ltd.
Pitfield, Milton Keynes, MK11 3LW, UK
UKHW022131070726
13613UKWH00003B/1324